KB074981

백수의
크리스마스

조동신 장편소설

따운사인

백수의
크리스마스

01

NEON
×
SIGN

크리스마스에는 달력을   007

크리스마스에는 선물을   038

크리스마스에는 특별한 빵을   081

크리스마스에는 트리를   121

작가의 말   169

크리스마스에는 달력을

"어머, 사장님!"

한쪽에서 앞치마 차림의 여점원이 펄쩍 뛰었다.

"왜?"

사장이 일어났다.

"이거 없어졌어요! 사장님이 제일 아끼시는 거!"

"뭐?"

사장도 눈이 휘둥그레졌다.

"무슨 일인가요?"

오만도 일어나서 그 여점원이 있던 가게 구석으로 가다가 커다란 상자처럼 생긴 장식물을 건드릴 뻔했다. 얼핏 보니 크리스마스에 쓰는 장식 중 하나인, '대림절 달력'이었다.

"사장님이 제일 아끼시는 책이 없어졌어요!"

아직 앳되어 보이는 여점원은 이상하다는 듯 말했다. 그러고 보니 오만도 들어오면서 카운터 뒤에서 영어 원서를 한 권 본 것 같은데, 얼마 되지도 않은 틈에 그 책이 없어지고 말았다.

점원이 말했다.

"어떻게 된 거죠? 아까까지만 해도 분명히 있었는데."

오만은 그쪽을 보았다. 이 북카페에는 여러 종류의 책이 있었다. 한쪽에 영어로 된 원서를 모아놨는데, 꽤 귀한 자료 같았다.

오만은 그리로 가며 말했다.

"저, 심각한 일이면 나중에 올까요?"

사장은 오만을 쏘아붙이듯 말했다.

"미안하지만 아무도 나가면 안 됩니다. 누가 훔쳤을지 모르니까요."

"사장님, 경찰 부를까요?"

오만은 서둘러 주변을 둘러보았다. 아직 이른 시

각이라 손님이라고는 오만을 포함해 세 명뿐이었다. 거기에 사장, 여점원까지 다섯 명만이 카페 안에 있었다. 누가 여기서 책을 훔친 건지 알 수 없었다.

"책을 훔치다니요? 그거 귀한 겁니까?"

사장은 당황을 감추지 못하고 말했다.

"네, 아주 귀한 거예요! 돈 주고도 사기 힘든 거라고요!"

오만은 이게 대체 무슨 일인가 싶었다. 면접 보러 왔는데 도난 사건에 휘말리다니.

"이름 백오만. 나이 32세. 오복, 즉 다섯 가지 복이 꽉 차라고 오만하게 지었는데 오복은 고사하고 한 가지 복도 없는 남자."

전날 저녁, 오만은 길을 가다가 쇼윈도에 비친 자신의 모습을 보고 간단히 자기소개를 마쳤다. 오만의 마음속은 불만과 불안으로 가득 차 있었다. 대학 졸업 후 이런저런 직장을 전전했으나 계속 비정규직이었고, 월급도 얼마 되지 않았다.

귀촌한 부모님께 가자니 거기까지 가서 일자리 얻기도 곤란했기 때문에 오만은 서울에 남았다.

'이젠 돈도 달랑달랑한데……. 누나한테 용돈이라도 받아야 하나.'

나오는 건 한숨뿐이었다. 원룸조차 구하지 못해 신혼인 누나 집의 현관 앞 제일 작은 방에서 지냈다. 얹혀살면서 가사도우미나 다름없이 사는 것도 서러운데, 일자리 찾아 돌아다닌 것도 벌써 8개월째다. 그동안 쓴 자기소개서, 입사지원서만 몇 장인지 헤아릴 수도 없다.

어느새 길거리에도 크리스마스트리가 보이고, 시내의 가게들에도 여러 장식과 전구가 달리는 계절이 왔지만 오만의 마음은 조금도 들뜨지 않았다. 빈털터리로 연말연시를 맞다니, 비참하다는 생각만 들었다.

'참, 이게 대체 뭐 하는 짓이냐고……. 어?'

순간, 오만의 눈에 뭔가가 들어왔다. 'E퀸'이라는 이름의 북카페였다. 가게가 열 개 정도쯤 입주한, 3층 건물 2층에 위치한 가게였다.

'이퀸이 무슨 뜻이야? 저 퀸의 반댓말인가?'

궁금한 것도 잠시, 이름보다 더 오만의 시선을 끈 글자가 따로 있었다. 아르바이트 모집이라는 말이었다. 벌써 채용 공고 지원에도 다 떨어졌는데 카페에서라도 일하면 최소한 용돈 정도는 벌 수 있지 않을까 하는 생각이 들었다.

'그래, 대학 때 아르바이트한 적도 있는데 한번 해볼까? 밑져야 본전인데.'

오만은 카페 문을 열고 들어갔다. 카페는 식당과 달리 붐비거나 한산한 시간이 따로 없으니 방해가 되지 않을 것 같았다.

"어서 오세요."

북카페답게 벽마다 책으로 가득 차 있기는 했지만, 규모는 그리 크지 않았다. 앞치마를 매고 있는 두 여성이 점원인 듯했다.

"실례합니다. 저, 아르바이트 구한다는 공고를 보고 왔는데요."

오만은 긴장한 탓에 약간 억지웃음을 지으며 말했다. 그러자 두 사람 중 긴 머리에 안경을 쓴 사람이 오만에게 다가왔다.

"제가 여기 사장인데, 아르바이트하고 싶으시다고요?"

"그렇습니다."

오만은 자신과 나이가 비슷해 보이는데 카페 주인이라니 대단하다는 생각이 드는 동시에 조금 불안해졌다. 나이도 적지 않은 사람을 아르바이트생으로 들이면 대하기 어려울 수도 있으니까. 한쪽에 있던 단발머리 아르바이트생은 이제 이십대 초반 정도로 보였다.

사장은 카운터 안쪽에 있던 명함을 꺼내 오만에게 건넸다.

"좋아요. 그런데 지금은 좀 바쁘니까 내일 아침에 다시 오세요. 그때 자세히 면접하고 정할게요. 그리고 이력서는 오늘 밤에 메일로 보내주셨으면 해요. 자유 양식이니까 간단히 작성해 보내세요."

사장은 꽤 부티가 나 보였다. 하긴 그러니까 이런 카페를 갖고 있을 것이다.

"아, 그리고 굳이 정장 입고 오실 필요 없어요. 어차피 여기 근무하려면 편하게 입어야 하니까요."

오만은 집에 돌아와서 카페 E퀸을 검색해보았다. 아르바이트하는데 이력서까지 내야 하나 하는 생각이 들었지만, 어차피 남의 돈을 받아먹어야 하니 그쪽 요구에 응해야 했다.

'주택가에 이런 카페라니 조금 이상하다. 그래도 책 읽기에는 좋네. 집 주변에 도서관도 없는데 잘됐다.'

대충 이런 댓글들이 달려 있었고, 카페의 특징에 대해서는 별다른 언급을 찾을 수 없었다. 그 정도 규모라면 둘이서 카페를 운영하기 충분할 텐데 왜 굳이 월급까지 줘가며 사람을 추가로 모집할까 하는 생각이 들었다. 그러다 E퀸의 블로그 사이트에 들어갔는데, 뜻밖의 글이 올라가 있었다.

　'카페 E퀸에서 연말 이벤트를 실시합니다. 크리스마스와 관련된 고민이나 의문점을 갖고 계신 분은 이 게시판에 익명으로 사연을 올려주세요. 내부 스태프들의 협의를 거쳐 그중 세 개를 선발해 고민이나 의문에 답을 드리겠습니다.'

　"이게 뭐야?"

　크리스마스와 관련된 고민이나 의문점이라니. 요즘 사람들이라면 애인이 왜 안 생기느냐 정도일 것이다. 오만은 조금 이상하다 여겼지만, 일단 면접 준비부터 제대로 하기로 했다. 그때 뒤에서 자신을 부르는 목소리가 들렸다.

　"어, 처남! 와 있었네?"

　"아, 매형."

　신혼집에 얹혀살다니 부끄러운 일이었지만, 다

행히 매형은 오만에게 잘 대해줬다. 가끔 둘이서 술자리를 갖다가 누나에게 야단맞기도 했다.

"늦었네요. 무슨 일 있었어요?"

"응. 취재할 게 좀 남아서."

"취재요? 무슨 일 있었어요?"

"보도 통제라서 자세히 말할 수는 없는데, 어느 재벌 집에서 귀한 다이아몬드가 없어졌대. 그 집 가보라고 하던데. 핑크 다이아몬드 알지?"

"아, 네."

다이아몬드는 대개 투명한 것이 가장 비싸지만, 색이 있으면 그 희귀성 때문에 투명한 것보다 귀하기도 하다. 특히 분홍색 다이아몬드는 전 세계에서 오로지 호주에서만 나기 때문에 더 귀하다. 크기에 따라 한 개에 최대 9백억 원까지도 나간 기록이 있다.

"아직 잘 알려지지는 않았는데 사실 그 집에서도 쉬쉬하려는 것 같아. 그래서 나도 자세히는 모르지만, 그 집 보안도 잘 되어 있으니까 결과적으로는 내부인 중 한 명이 범인일 것 같아."

"당연히 그렇겠죠. 그 다이아몬드는 얼마짜리래요?"

"잘은 몰라도 아는 사람들 사이에서는 거의 백억 원 정도는 한다고 하더라. 그건 귀한 거니까 가격이 더 오르겠지."

"대단하네요."

백억 원이라, 오만으로서는 생각도 할 수 없는 돈이다. 그 다이아몬드가 자신의 수중에 있다면 어떨까 하는 생각이 들었지만 그건 상상일 뿐이다.

"어느 재벌인지 알아요?"

"보도 통제라니까."

매형은 웃으며 말했다.

"그런데 처남, 내일 뭐 해?"

"면접 봅니다."

"그래? 이번에는 잘돼야 할 텐데. 처가살이도 아니고 누나집살이는 좀 그렇잖아."

"그러게요."

"처남은 나가면 그만이지만, 나는 평생 잡혀 살고 있는데!"

"하하하."

오만은 쓰게 웃었다. 자신과는 달리 누나는 잘나가는 직장인이어서 늘 바빴다. 그 때문에 조카를 보는 일까지 오만 자신이 해야 했다.

　　다음 날, 11월 30일이었다. 오만은 면접을 보러 약속 시간에 맞춰 E퀸에 갔다.

　　"어머나, 정장 입으실 필요 없는데."

　　싸구려 양복에다 넥타이, 그것도 매형 것을 빌려서 매고 오니 조금 이상하기는 했다.

　　"여기 청소 다 했어?"

　　점원을 꾸짖고는 사장은 카페 구석 쪽으로 잰걸음 하면서 오만에게 이리 오라고 말했다. 오만은 곧 사장을 따라가 앉았다.

　　"우선, 바리스타 자격증 있으세요?"

　　예상했던 질문이었다.

　　"없습니다. 하지만 대학 때 동네 카페에서 아르바이트한 적이 있어서 웬만한 커피머신은 다 다룰 줄 압니다."

　　오만은 그때 생각이 났다. 그 카페 사장이 만드는 방법에 따라 커피 맛도 다 달라진다면서 이런저런 기계를 다 들여놓았고, 그거 따라 하느라 자신도 고생깨나 했다.

"여기가 뭐, 유명 브랜드 카페는 아니니까 굳이 바리스타 자격증까지는 필요 없지만요. 여기 이름이 왜 E퀸인 줄 아세요?"

오만은 금방 대답했다.

"'엘러리 퀸'에서 따온 거 아닙니까?"

블로그에 나오지 않았지만, 카페 한 편에 있는 책들을 보니 추리소설이 많아 예상할 수 있었다. 특히 고전 추리소설을 좋아하는 사람이라면 엘러리 퀸을 좋아할 거라고 생각했다.

"잘 아시네요? 그래요. 사실 제가 엘러리 퀸 팬이거든요."

추리소설, 그것도 고전 작품을 좋아하다니 뜻밖이었다. 오만도 고전 추리를 꽤 좋아하는 터라 다행이라는 느낌이 들었다. 잘하면 붙을 수 있을 것 같았다.

사장은 눈을 반짝이며 물었다.

"엘러리 퀸 작품 좋아하세요? 뭘 제일 좋아하세요?"

"비극 시리즈 좋아합니다. 특히 『Y의 비극』이요."

"어머, 그러세요?"

오만은 무난한 대답을 했다. 『Y의 비극』은 엘러

리 퀸 작품 중에서도 가장 잘 알려진 작품이었다.

"우리나라에서는 엘러리 퀸이 그리 유명하지 않은데, 대단하시네요. 참, 면접해야지. E퀸이라는 이름이 엘러리 퀸에서 땄다는 거 어떻게 짐작하셨죠? 사실 다른 면접자들은 다 카페의 여왕, 전자 여왕, 심지어는 이 퀸, 저 퀸 이러는 거 있죠? 또 누구는 제가 이씨라서 그런다나. 저 권씬데 말이죠."

면접을 하는 건지, 수다를 떠는 건지 알 수 없었다. 하지만 사장이니 일단 들어주기로 했다.

"저기 책장에 엘러리 퀸의 작품이 종류별로……. 절판된 것까지도요. 거기다 고전 추리소설을 원서로 전시해두고 계시니까, 그 정도면 상당한 팬이라고 생각했습니다."

"좋아요. 북카페라서 책을 좀 아는 분이어야 하거든요. 여기서 가끔 작가들 모시고 북토크를 하기도 하는데 행사 일도 좀 하셔야 해요."

"아, 네, 좋아합니다. 셜록 홈스 시리즈는 다 읽었고요."

무난하게 나가기로 했다. 추리소설도 유행에 따라 그 경향이나 내용, 장르별로 달라지므로 사장과 취향

이 맞지 않으면 취업하지 못할 수도 있을 것 같았다.

"애거사 크리스티도, 존 딕슨 카도 좋아합니다."

애거사 크리스티, 존 딕슨 카는 1930년대를 풍미한, 오늘날 고전이라 취급받는 작품들을 써낸 작가들이다. 그들이라면 웬만한 추리소설 마니아들은 금방 이해할 것이다.

"그런데 뭘 보고……. 아, 저거 보셨나요? 응?"

사장은 구석의 책꽂이를 가리키며 말하다가 갑자기 눈이 휘둥그레졌다.

"지희야!"

"네?"

어려 보이는, 단발머리를 한 점원이 이쪽을 돌아보았다.

"여기 있던 책, 네가 거기로 옮겼니?"

"네?"

지희라 불린 점원이 그쪽을 보았다.

"어머, 사장님!"

점원이 펄쩍 뛰었다.

"왜?"

"그거 어디 갔죠?"

"뭐?"

사장은 면접도 잊은 듯 서둘러 계산대로 달려갔다. 혹시 떨어지기라도 한 건가 하고 바닥을 거의 기다시피 하면서 살펴보았다.

"무슨 일 있습니까?"

오만은 일어나서 그리로 갔다.

"이 카페에서 제일 중요한 책이 없어졌어요!"

사장은 얼굴빛이 완전히 변한 상태였다. 오만은 서둘러 카페 안을 둘러보았다. 하지만 이 안에 다른 사람은 없었다. 이른 아침이라 자신을 제외하고는 손님도 둘뿐이었다.

그렇다면 손님 중 누가 훔친 걸까. 오만은 서둘러 두 명의 손님을 보았다. 한 명은 아르바이트생과 비슷한 나이로 보이는 젊은 여자였고, 다른 사람은 뚱뚱한 남자였다. 남자는 노트북을 펴놓고 한참 보다가 내부가 시끄러워지자 고개를 들었다.

"여기 있던 게 없어지다니, 이거 희귀본인데!"

오만은 사장에게 물었다.

"무슨 일입니까?"

"아, 어떡해. 그 사람이 그런 게 분명해!"

사장이 금방이라도 올 듯한 얼굴로 말하자 지희가 말했다.

"전에 왔던 그 사람이요?"

"그게 누굽니까?"

"고서 수집가라고 했는데, 우리 카페 와서 그 책을 팔라고 하는 거 있죠? 팔지 않는다고 하니까 몇 번을 와서 조르더라고요."

사장은 갑자기 오만을 노려보았다.

"혹시, 아저씨가 한 거 아니에요? 그 사람이 시켜서."

오만은 눈을 크게 뜨고 말했다.

"제가 무슨……. 그 책을 제가 어떻게 훔친다는 겁니까?"

"밖에 있던 공범에게 슬쩍 그 책을 던졌죠?"

사장은 날카로운 눈으로 오만을 보았다.

"공범이라니요?"

"그 책을 봐뒀다가, 밖으로 던진 거 아니냐고요!"

오만은 사장이 가리키는 쪽을 보았다. 물론 창문을 살짝 열고 책 한 권을 밖으로 던질 정도의 시간이야 누구에게나 있었다.

"그건 여기 있는 사람들 모두 가능하지 않습니까? 저는 오자마자 사장님 따라서 여기 앉아 있었는데요. 그사이에 저 책을 훔칠 틈도 없었고요."

오만은 어이가 없었다. 면접자한테 엉뚱한 소리만 하지를 않나, 거기다 도둑으로 몰기까지 하다니.

오만의 말에 지희가 자리에 앉아 있던 여자를 가리키며 말했다.

"다른 사람이요? 쟤는 제 친구예요!"

노트북을 펴고 앉아 있던 뚱뚱한 남자도 말했다.

"저는 여기 단골입니다. 만약 제가 훔쳤다면 옛날에 훔쳤겠죠."

이 두 명의 손님 외에 여기는 다른 사람도 없었다. 오만은 여러 가지 생각이 들었다. 책을 창밖으로 던지는 방법도 있지만 그랬다가는 1930년대에 나온 귀한 책은 망가질 수 있다. 케이스 같은 것에 넣어서 던지는 방법도 있지만 그랬다가는 눈에 띄기 쉽다.

"어딜 봐도 없어요!"

지희가 카페 곳곳을 구석구석 찾아봤지만, 어디에도 책은 없었다. 도대체 누가 책을 훔쳤는지 알 수 없었다.

오만은 한쪽을 가리키다가 물었다.

"이거, 대림절 달력인가요?"

"네."

대림절 달력은 최근 우리나라에서도 살 수 있지만 아직 낯선 물건이다. 서양에서는 흔히 쓰는 성탄절 장식이며 모양이 매우 다양하다. 창문 혹은 서랍 모양으로 된 작은 찬장을 열면 그 안에 쿠키나 초콜릿 등 달콤한 것이 들어 있거나 성경 구절이 적혀 있다. 사람들은 하루에 하나씩 그것을 열어본다.

대림절은 크리스마스 4주 전부터 성탄절을 기다리는 절기다. 요즘은 12월 1일부터 강림절을 지내는 게 보통이지만 원래는 성 안드레아 축일인 11월 30일 혹은 그때와 가장 가까운 일요일부터 이 달력을 설치한다.

서양에서는 크리스마스 시즌에 제과업체 같은 곳에서 이 달력을 팔곤 한다. 크리스마스를 기다리는 달력에 각종 캐릭터를 이용하여 예쁘게 장식하기 때문에 가장 중요한 크리스마스 장식 중 하나이기도 하다. 하지만 우리나라에서 이것을 장식하는 일은 거의 없다.

여기 놓여 있는 것을 보니 마치 유럽, 그중에서도 네덜란드의 집 같았다. 수도인 암스테르담의 시내에는 오래된 집들이 다닥다닥 붙어 있기로 유명한데, 도시가 발달하고 인구밀도가 높아지자 어쩔 수 없이 그렇게 지을 수밖에 없었다.

이 달력 역시 마찬가지였다. 집 여러 채를 붙여놓은 듯한 모양이었으며 스물다섯 개의 작은 창문 및 문을 열면 그 안에 선물이 들어 있는 것 같았다.

"이건 누가 만든 겁니까?"

사장이 말했다.

"제가요."

"솜씨 좋으시네요. 그런데 왜 똑같은 게 두 개 있죠?"

"하나는 여기서 쓰고, 하나는 조카 주려고요."

사장은 따지듯 물었다.

"근데 왜요? 이 안에 누가 책을 숨겨두기라도 했을까 봐요?"

"아닙니다."

그 집 모양의 대림절 달력에는 창문과 문이 여러 개 달려 있었지만, 그 안에 책을 넣을 수 있을 만큼 큰 공간은 없었다.

사장이 짜증을 냈다.

"아니, 그 책 어디 간 거야?"

오만이 물었다.

"거기 있던 책이 무슨 책인가요?"

남자가 사장보다 먼저 대답했다.

"『엘러리 퀸의 새로운 모험』이요."

우리나라에는 엘러리 퀸이라는 작가의 이름조차 알지 못하는 사람이 대부분인데, 저 남자도 꽤 추리소설에 조예가 깊은 모양이었다.

오만은 지희의 친구에게 물었다.

"엘러리 퀸이라고 아나요?"

"무슨 퀸이요? 사람 이름인가요?"

지희가 말했다.

"됐어. 수민이 얘는 책도 잘 읽지 않는다고요."

사장은 가게에 있던 사람들의 눈치도 보지 않고 머리를 쥐어뜯었다.

"아, 내가 미국까지 가서 어렵게 구한 건데!"

오만이 물었다.

"그게 가격이 꽤 나가나요?"

"엘러리 퀸의 초판이에요. 가격은 3천 달러 정도 됐던 것 같아요."

오만은 조금 이상하다는 생각이 들었다. 희귀 서적 수집가야 얼마든지 있지만, 1930년대 추리소설 원본을 굳이 훔쳐서라도 가지려고 할 것 같지 않았다. 그 정도는 국제 경매 사이트 등을 통해서도 살 수 있다.

사장이 오만을 원망스러운 눈으로 보았다.

"그거 정말 중요한 건데, 누가 가져간 거야? 정말 아저씨가 훔친 거 아니에요?"

"그게 무슨 말씀입니까."

"그 책은 제가 3천 달러에 사긴 했지만, 사실 더 귀한 거예요. 엘러리 퀸의 친필 사인이 담겨 있다고요."

사장은 핸드폰 사진까지 보여주며 말했다. '프레드릭 더네이, 1936.12.25.'라는 글자가 훤히 보였다.

단골손님이라고 한 그 뚱뚱한 남자가 말했다.

"아, 이거 귀한 거군요."

저 남자는 뭐 때문에 이른 아침부터 카페에 나와 있을까 하는 생각이 들었다.

"저는 소설가고, 김북현이라고 합니다. 아까도 말씀드렸듯이, 제가 그 책을 훔칠 거였다면 예전에 훔쳤죠."

작가 김북현. 오만도 책을 좋아했기에 한두 번 들어본 적은 있다. 그가 굳이 그 책을 훔칠 리가 있을까.

"엘러리 퀸이라니, 저는 그런 사람도 몰라요! 책 하나 훔쳐서 어디다 팔아요?"

지희의 친구인 이수민은 고개를 설레설레 저었다. 하긴 우리나라에 엘러리 퀸을 아는 사람은 그리 많지 않을 것이다. 하지만 20세기 최고의 추리작가 중 한 명인 애거사 크리스티에게도 뒤지지 않을 만큼 걸작을 많이 발표한 작가다.

"그렇군요."

아무리 초판이지만 3천 달러나 주고 사다니, 사장은 꽤나 부자인 것 같았다. 하지만 오만이 봐도 이상한 점이 한둘이 아니었다. 인터넷 헌책방 경매 등만 해도 이 책을 그 정도 가격에 살 수는 없을 것이다.

사장은 고개를 저었다.

"하지만 우리나라에도 엘러리 퀸의 팬인 사람이 있어요. 그 사람이 나에게 이 책을 팔라고 그렇게 떼를 썼는데, 제가 싫다고 했어요. 저도 이 책 미국까지 가서 사느라 얼마나 고생했는데요."

좌우간 오만은 여러모로 생각해봤다.

"두 분의 짐을 좀 살펴봐도 될까요?"

"뭐라고요?"

수민이 눈을 크게 떴다.

"아니, 아저씨가 무슨 경찰이라도 돼요?"

작가 김북현은 보란 듯 가방을 열어 보였다.

"솔직히 불쾌하긴 하지만, 의심을 살 필요가 없겠죠."

김북현의 가방 속에 영어로 된 책이라고는 찾아볼 수 없었다. 오만이 생각해도 자기 짐에 숨긴다는 건 말이 되지 않았다. 경찰이라도 불렀으면 금방 수색을 당할 수도 있었다.

'알바생이 범인이라면, 마감할 때나 슬쩍하지 굳이 이른 아침에 훔칠 리가 없는데.'

"저기 CCTV를 확인해야 하지 않을까요?"

사장은 고개를 저었다.

"그건 가짜라서요."

김북현은 쓰게 웃었다.

"그런데 「신의 등불」도 아니고, 이게 무슨 엉뚱한 일인가 모르겠습니다."

수민이 물었다.

"「신의 등불」? 그게 뭔가요?"

"그 없어진 책 『엘러리 퀸의 새로운 모험』에 실

린 중편입니다. 부모가 이혼하자 어머니를 따라 영국에서 살던 여자가 아버지의 죽음 소식을 듣고 유산 상속 때문에 미국에 가는데, 함께 간 담당 변호사와 탐정 엘러리 퀸이 아버지의 친척 집에서 하룻밤을 자고 일어나 보니 아버지의 집이 없어져 있던 거예요."

점원이 눈을 크게 뜨며 말했다.

"집이 없어져요?"

수민이 말했다.

"그런데 작가 이름이 엘러리 퀸인데, 탐정 이름도 그런가요? 재미있네요."

"셜록 홈스의 이름이 작가인 코난 도일보다 유명하기 때문에 일부러 필명을 그렇게 지었다고 해요. 일본의 추리작가 노리즈키 린타로 역시 엘러리 퀸에서 영향을 많이 받아서 탐정 이름과 자신의 이름을 똑같이 짓고 주인공의 아버지가 경찰관이라는 점까지 같죠."

지희가 물었다.

"그런데 집이 없어진다는 게 가능해요?"

이번에는 오만이 한마디 했다.

"그런 이야기는 사실 흔합니다. 셜록 홈스 시리즈 중 하나인 「어느 기술자의 엄지손가락」이라는 단편도 있는데, 어느 기술자가 유압 장치를 고쳐달라는 의뢰를 받고 의뢰인의 집에 갔다가 크게 다쳐서 나중에 다시 가보니 그 집이 없어져 있었다는 이야기죠."

오만도 어렸을 적부터 추리소설은 누구보다 좋아했다. 하지만 추리소설을 좋아한다는 게 취업에 도움이 되지는 않았다. 심지어는 출판사 편집자도 하기 어려웠다.

집이 사라졌다는 이야기가 나오니 오만은 슬쩍 대림절 달력 쪽을 보았다. 이제 11월 30일인데 이 달력 놀이를 시작하려면 다음 날부터일 것이다.

"그렇다면 여기 숨기면 되는 거군요."

오만의 말에, 지희가 물었다.

"뭐라고요? 그 서랍 안에 어떻게 책이 들어가요?"

그 달력의 작은 창문에는 조그만 사이즈의 초콜릿 한 조각이 들어갈 정도의 공간밖에 없었다.

"그 서랍 안이 아닙니다."

"그러면, 바로 뒤에 있는 공간에요? 이 안이 비어 있기 때문인가요?"

"그랬다면 그 달력을 통째로 열어야 했을 테고, 그렇다면 다른 사람이 눈치채지 못했을 리가 없죠."

"그러면요?"

"아주 간단합니다."

오만은 그 달력을 들어 보였다. 뜻밖에도 박스테이프로 붙인 비닐봉지가 드러났다.

"이게 뭐죠?"

"뭐긴요, 잘 아시면서."

오만은 비닐봉지를 열어 보았다. 그 안에 꽤 낡아 보이는 책이 있었다. 표지에는 분명히 『The New Adventures of Ellery Queen』이라는 글자가 있었다.

"역시 이 책, 여기 있군요."

"어머나."

"사장님, 이거 자작극이군요?"

"네? 왜 그렇게 말씀하시죠?"

다들 눈이 휘둥그레졌다.

"그건 제가 할 말입니다. 이런 것도 면접 테스트인가요?"

오만은 매우 불쾌한 얼굴로 말했다.

"무슨 말을 하는지 이제 설명드리겠습니다. 가장 간단한 방법은 창밖에 있는 공범에게 던져주는 것이지만 요즘은 보는 눈이 많죠. CCTV 때문에 어디든 눈에 띨 수가 있습니다. 그리고 잘못하면 귀한 책이 상할 수도 있죠."

"그래서요?"

"그러니 창밖으로 슬쩍 던지기보다는, 어딘가에 숨겨뒀다가 자연스럽게 들고 나가는 게 가장 좋은 방법입니다. 하지만 경찰이라도 불러 몸이나 짐 수색을 하면 금방 들키겠죠? 여기저기 다 보면서도 한 군데, 보지 않은 데가 있습니다. 바로 이 대림절 달력이죠. 사장님은 일부러 두 개를 준비해 하나는 여기 두고 하나는 조카에게 선물한다고 하면서 그 달력 밑에 책을 붙여서 들고 나갈 수 있도록 한 겁니다. 달력 안에 책을 숨길 수는 없으니까요."

"잠깐만요."

지희가 물었다.

"이걸 이렇게 포장까지 해서 여기 붙여놓을 시간이 있을까요? 책은 분명히 저 책꽂이에 전시되어 있었잖아요."

"그거야 간단하죠. 표지를 미리 스캔했다가 인쇄해서 저기 붙여두면 책이 저기 전시되어 있는 것처럼 보입니다. 그리고 아마 당신이 적당한 시간에 그 종이를

가져다가 창밖으로 던진 다음에 없어졌다고 하면 그만
이죠. 추리소설에서는 아주 흔히 쓰이는 방법입니다."

사장은 박수를 쳤다.

"좋아요. 합격이에요."

"다른 사람들에게 민폐 아닙니까?"

"김 작가님은 저희 단골이시고 얘가 지희랑 친구
인 건 사실이에요. 부탁을 좀 했죠."

"그래요? 이렇게 사람 놀리는 면접은 처음 보는
군요. 그리고, 사장님 속으신 겁니다."

사장은 순간 어리둥절해하며 물었다.

"제가요?"

"엘러리 퀸 팬이라고 하셨는데, 그 필명은 동갑
내기 사촌인 맨프레드 리와 프레더릭 더네이가 공동 필
명으로 썼다는 거 아시죠?"

"알죠."

"그러다 두 사람은 분위기를 바꿔보고자 새로운
탐정 캐릭터를 만들어 '버나비 로스'라는 이름으로 책을
냈고, '드루리 레인'이라는 탐정을 썼죠. 나중에는 기자
회견장에서 한 명이 퀸, 한 명이 로스 행세를 하면서 다
투기도 했습니다."

"그런데요?"

"이들이 그 사실을 밝힌 건 1940년 이후입니다. 그런데 『엘러리 퀸의 새로운 모험』이 나온 건 1935년이고, 이 책에 있는 사인은 '프레더릭 더네이, 1936.12.25.'라고 되어 있으니까요. 정체를 밝히기 전인데 이 이름으로 사인했을 리가 없습니다."

"그러면 제가 속은 건가요?"

"네, 3천 달러를 사기당하셨군요. 팬이시라면 그 정도는 알았어야죠. 좌우간 상당히 불쾌하네요. 사람을 이렇게 놀리는 면접은 처음입니다."

그동안 서류전형에서 탈락한 적도 많고, 면접에서 떨어진 적도 많았지만 이런 일은 겪은 적이 없었다. 오만은 확 돌아섰다.

"저기, 백오만 씨?"

오만은 뒤에서 부르는 소리도 듣지 않고 그대로 카페 문을 열고 나가버렸다.

다음 날 아침이었다. 오만은 머릿속에서 아직도 찰랑거리는 알코올을 느끼며 겨우 일어났다. 전날 열 받은 나머지 생라면 한 개를 안주 삼아서 소주를 밤새 퍼

마시고 잠든 탓이다.

"처남, 일어나!"

"네."

"어제 본 면접 때문에 마음 상했어?"

"제가 어제 매형한테 그런 말까지 다 했어요?"

오만은 기가 막혔다. 화가 난 나머지 그냥 있는 대로 말해버린 모양이다.

"응. 사장이 꽤 예쁘게 생겼다고까지 했어."

"사람 놀리는 게 재미있나 봐요. 영화배우 오디션 보는 것도 아니고, 단체로 사람 조롱하는 게."

오만이 눈을 비비며 말하자 누나가 쏘아붙였다.

"그렇다고 면접 자리를 박차고 나와버리면 되니? 참, 능력도 없는 애가 자존심 하나는 하늘을 찌르는 구나."

"그런 괴상한 자리에 가서 뭐 하게? 도둑 취급까지 받으면서."

"그렇다고 와서 소주나 마시고 있으면 되겠니? 그리고 다 마시면 치우라고 몇 번을 말해. 나 빨리 출근 해야 하니까 얼른 치워라."

"맘마!"

이제 15개월 된 조카가 오만의 눈앞에 있었다. 걸음마를 시작했을 때는 신기했는데, 이제는 그 때문에 눈을 뗄 수가 없다.

"우리 서연이, 잘 잤어요?"

오만은 아픈 머리를 쥐고 조카를 안아주려 했는데, 아기는 얼굴을 찌푸리더니 도망치듯 나가버렸다.

"술 냄새 진동하니까 애가 도망가잖아!"

누나가 핀잔을 주던 그때, 초인종이 울렸다. 누나가 나갔다.

"얘, 너 찾으러 왔는데?"

"누가?"

"몰라, 여잔데?"

누나는 의아한 얼굴이었다. 오만은 덥수룩한 머리를 긁으며 나가보았다.

"어!"

"백오만 씨?"

뜻밖에도 집 앞에 서 있던 사람은 바로 E퀸의 사장, 권이수였다.

"무슨 일이시죠? 우리 집은 어떻게 아셨고요?"

"이력서에 주소가 있었잖아요."

"그랬군요. 그런데 무슨 일이시죠?"

"어제 기분 나쁘셨던 것 같아서, 사과드리러 왔어요."

"네?"

조금 황당했다. 아무리 그래도 사원도 아니고 아르바이트 면접 보러 온 사람에게 사장이 찾아오다니.

"사실 우리 카페에 일이 좀 있어요."

"일이라니요?"

"이번에 우리 카페에 워낙 중요한 이벤트가 있어서요."

사장은 갑자기 오만 앞에 무릎을 꿇었다. 오만은 물론 옆에 있던 누나도 놀랐다.

"백오만 씨가 필요해요."

크리스마스에는 선물을

　　백오만은 카페 E퀸에 앞치마를 맨 채 서 있었다.
사장인 권이수의 말에 결국 넘어가 임시직이지만 이 카
페에 취업하게 되었다. 오만은 대학 때 카페에서 아르바
이트한 적이 있어서 자신의 업무 외에는 이곳의 일을 하
기도 했다.

　　손지희는 오만을 빤히 보았다.

　　"내 얼굴에 뭐 묻었냐?"

　　"사장님이 왜 그리 간곡하게 부탁해가면서 아저
씨를 채용하려고 하는지 잘 모르겠어서요."

　　이렇게 건방진 애가 카페에서 근무하면 진상에

게는 어떻게 대처할까 걱정되었다. 하지만 이 카페에 오는 남자 손님은 거의 다 지희를 보러 올 정도였으니, 사람 끌기에는 더 좋을지도 모르겠다.

"그리고 여기서는 제가 선배인 거 모르세요?"

"네, 선배님."

오만은 건성으로 대답하고는 대걸레 자루를 들었다. 카페 아르바이트 경험으로 치면 자신이 훨씬 먼저였지만 괜히 지희와 입씨름할 필요가 없었다.

지희로서는 오만이 별로 마음에 들지 않을 수도 있었다. 또래나 연하가 와야 선배 노릇도 할 텐데 열 살도 넘게 차이가 나는 아저씨, 그것도 그리 잘생기지도 않은 사람이 왔으니 대하기 어려울 것이다.

"그런데 아저씨는 카페 아르바이트 언제 해보셨어요?"

"대학 때랑 군대 다녀와서. 복학 전에 여행 가려고 했다."

권 사장은 이번에 카페에서 여는 고민 해결 이벤트로 크리스마스와 관련된 고민을 모아 그중 세 개를 해결해줄 거라고 했다. 그 담당자, 즉 해결사를 모집하고 있었기 때문에 그런 이상한 방식으로 면접을 한 것이다.

면접도 면접이지만 오만은 자신도 참 이상하다는 생각을 했다. 본인도 백수라서 앞이 캄캄한데 남의 고민을 상담해줘야 한다니. 거기다 권 사장이 선발한 첫 번째 의뢰는 너무 사소해 보였다.

손지희는 반쯤 놀리는 투로 물었다.

"그나저나 오늘 드디어 첫 번째 의뢰인 오는데, 기분 어떠세요?"

"그 고민, 사연 모두 사장님이 뽑았지? 너는 관여하지 않았지?"

"물론이죠."

오만은 꽤 긴장되었다. 과연 권 사장이 무슨 기준으로 의뢰를 뽑았을까. 대부분은 애인이 생기지 않는 이유를 해결해달라고 했다고 한다. 사장은 의뢰 내용을 인쇄해서 오만에게 보여주기만 했다. 첫 번째 의뢰인은 뜻밖에 아직 고등학생인 여자아이였다.

카페 문이 열렸다.

"어서 오십시오."

"여기가 거기, 그 크리스마스와 관련된 고민을 해결해주는 카페인가요?"

카페에서 고민 상담이나 해결을, 그것도 무료로

해준다는 말에 대부분의 사람은 웃기다는 반응을 보일 것이다. 사실 오만도 이런 어이없는 이벤트는 처음이었지만, 권 사장이 준 미끼는 도저히 거절할 수 없었다. 한 달 동안 카페에서 일하면서 사연으로 온 고민을 모두 해결하면, 책임지고 자신을 좋은 직장에 취직시켜주겠다는 제안이었다. 과연 그게 가능할까 하는 생각이 들었지만 일단은 하기로 했다. 어차피 구직 활동만 하기도 질렸고 카페 아르바이트라고는 해도 최소한 용돈이라도 벌 수 있었기 때문이다.

오만은 의뢰인에게 의자를 권했다.

"네, 이쪽으로 앉으시죠."

"김초미라고 해요. 저 보다시피 학생이라, 말씀 편하게 하셔도 돼요."

초미는 학교가 막 끝나자마자 왔는지, 교복 차림이었다.

"그래. 찾고 있는 게 호두까기 인형이라고 했지?"

"네."

호두까기 인형, 차이콥스키의 대표적인 발레곡으로 유명해서 연말에는 거의 예외 없이 공연이 열리지만, 원작은 독일의 동화작가 에른스트 테오도어 아마데

우스 호프만의 동화로 발레 공연 외에도 영화 및 애니메이션 등으로 여러 차례 만들어졌다.

"작년 크리스마스 선물로 받은 거예요. 아빠가 미국에 가셨다가 사 온 건데…….."

"그걸 잃어버린 게 언제지?"

오만은 최대한 탐정처럼 보이도록 눈을 치켜뜨며 물었다. 오히려 어색해 보이지 않았을까 걱정되기도 했다.

"지지난 주에요. 작년 크리스마스 파티까지는 정말 즐거웠는데, 6월에 아빠 사업이 망해서 이사를 했어요."

"그래……"

"제 동생은 이사를 가자마자 이 집 우리 집 아니라고, 싫다고 앵앵거리면서 데굴데굴 구르더라고요. 솔직히 저도 그러고 싶었어요."

"그렇겠지. 동생 잘 말려야 겠네."

집안 사업이 망해서 힘들다는 걸 어린 나이에 느껴야 하다니, 안됐다는 생각이 들었다. 오만의 아버지는 우체국 공무원이었기 때문에 집안이 망할 염려는 없었으니 다행이라고 해야 할까.

"아빠가 보고 싶어요."

갑자기 초미의 얼굴이 더욱 우울해졌다.

"사업 망했다고 아빠랑 엄마는 이혼하셨어요. 엄마랑 저랑 동생이랑 셋이 사는데, 여자끼리만 사니까 무서워요. 동네도 험악한 편인데."

"그렇겠구나. 아버지는 어디 계시는지 아니?"

"몰라요. 노숙자가 되셨는지도 모르겠어요. 엄마랑 가끔 통화만 하시는 것 같은데……."

초미는 고개를 저었다. 사실 남에게 말하기도 끔찍할 것이다.

"엄마가 전화하시는 걸 들었는데, 사채업자들한테 쫓기는 것 같아요. 그래서 이혼도 한 거고요. 두 분 정말 사이가 좋으셨는데……."

이혼 사유 중 가장 많은 비율을 차지하는 건 가정불화지만, 가끔은 이런 일도 있을 수 있다. 사업이 망해서 빚더미에 올라앉았거나 하면, 배우자의 가정에까지는 피해가 가지 않도록 일부러 헤어지기도 한다. 물론 자세한 일까지는 오만이 알 필요 없겠지만.

"그래, 그 인형 없어졌을 때 뭔가 이상한 일은 없었어?"

"없었어요. 집안 물건 뒤진 흔적이 전혀 없었거든요. 엄마가 아무리 집이 망해도 깔끔하게 하고 살아야 한다고 늘 강조하셔서요. 도둑이 들었으면 여기저기 다 뒤졌을 거 아니에요."

"그래, 어머니는 지금 어디 계시니?"

"시장에 있는 반찬 가게에서 일하고 계세요."

"그렇구나."

집안 사업이 망했으니 부모 자식 모두 힘들어지는 건 당연한 일이다. 오만은 가만있다가 말했다.

"그 인형 사진이 있으면 좀 보여줄 수 있니?"

"여기요."

초미는 핸드폰을 내밀었다. 블로그에 사연을 올릴 때는 그 사진을 첨부하지 않았다. 오만이 보니, 호두까기 인형은 등 뒤에 있는 손잡이를 당겨서 입을 열었다 닫았다 할 수 있는 평범한 인형이었다.

"아빠가 미국에 가서 사 오신 건데, 그게 사업 망하기 전 마지막 선물일 줄은 몰랐어요."

오만은 조금 이상하다는 생각이 들었다. 집안이 망했는데 굳이 그 인형을 찾아야 할까. 추리소설처럼 그 안에 보석이라도 감췄다면 모를까.

"엄마도 동생도 그걸 내다 버리지는 않았어요."

"근데 그걸 굳이 찾아야 하니?"

오만이 묻자, 초미는 기가 막히다는 얼굴로 되물었다.

"제 사연 채택하셨잖아요!"

오만은 자신이 채택한 게 아니라고 말할 뻔했다.

"네 사연을 채택하긴 했는데, 그 인형을 꼭 찾아야 하는 이유는 적지 않았잖아."

"아빠가 미국까지 가서 사 오신 거라서 저한테는 정말 소중한 거예요. 제 동생은 발레를 배워서 〈호두까기 인형〉에 출연하고 싶대요. 그런데 집안이 망했잖아요. 발레는 돈이 꽤 많이 든다고 들었어요."

초미는 한숨을 푹 쉬었다.

"혹시 동생이 그 동화처럼 저 몰래 그걸로 호두 까다가 망가뜨린 다음에 버린 거 아닐까 생각이 들어요."

"동생을 의심하는 거야?"

"네, 근데 동생이 그걸 숨겼다가 버렸다고 해도 어디에 버렸는지 알 수가 없어요."

"응?"

오만은 눈을 크게 떴다.

"그날, 정말 아무것도 없이 휙 하고 없어졌단 말이에요. 제가 이상해서 집 주변 쓰레기통까지 다 뒤져 봤어요."

동화 『호두까기 인형』에서도 주인공인 클라라의 남동생이 커다란 호두를 깨려고 하다가 그 인형을 망가뜨리고 만다. 그 때문에 결국 클라라가 동화의 나라까지 가게 되었지만.

"동생을 아무리 추궁해도 나오지 않아요."

"이상하구나."

오만은 사건에 흥미가 생기기보다는, 대체 왜 이런 사건을 맡아야 할까 하는 생각이 들었다. 하지만 남의 돈 벌려면 해야만 했다. 사건을 선정한 사람이 자신이 아니니 어쩔 수 없었다.

"혹시 그 인형이 없어진 날, 주변에 무슨 일이 있었니? 집 주변이나 그런 데서."

오만이 가장 이상하게 여겼던 점은 바로 그것이었다.

"저는 나갔다가 돌아오기 전이었고, 제 동생이 혼자 집을 보고 있었는데, 동생이 그랬어요. 집 밖에서 산타 할아버지 복장을 한 사람이 웬 덩치 큰 아저씨들한테 붙잡혀 있었다고요."

"산타 할아버지?"

"크리스마스도 아닌데 산타 복장을 한 게 이상하지 않아요?"

"하긴 그렇네. 하지만 서양에서는 그때부터 크리스마스 행사를 시작하긴 해."

오만은 캐나다 토론토에 갔을 때 크리스마스 한 달쯤 전에 하는, 크리스마스 퍼레이드를 본 적이 있었다. 미국이나 캐나다 등에서는 쇼핑몰에서 산타클로스 복장을 한 사람들이 아이들을 무릎에 앉혀놓고 선물로 뭘 받고 싶은지 묻거나, 사진을 찍는다. 하지만 한국에는 그런 일이 없다. 크리스마스 마켓 등의 행사는 백화점에서 하거나 야외에서 가끔 단기적으로 해도, 퍼레이드 같은 것은 하지 않는다.

"그런데 그 산타 복장을 한 사람을 왜 붙잡았을까요?"

"그 사람이 누구인지 알고 있니?"

"누구요, 그 산타요? 아뇨, 모르는 사람이었대요."

"동생이 직접 봤대?"

"네. 저보다 일찍 집으로 돌아갔으니까요. 동생

은 그 사람이 아빠인 줄 알고 뛰어나갔대요."

"왜 그게 아빠인 줄 알았대?"

"작년 크리스마스이브에 아빠가 일 때문에 못 오신다고 해서 우리 둘 다 실망했는데, 아빠가 산타 할아버지 복장을 하고 오셨거든요."

"하하하."

오만은 자신도 모르게 웃음이 나왔다. 자식 사랑이 각별한 아버지인 모양이다. 오만은 문득 시골에 있을 부모님이 생각났다.

"너는 어디 갔었지?"

"엄마가 집이 망해도 공부는 해야 한다고 해서, 다른 애들보다 훨씬 싼 데서 그룹 과외를 하고 있었어요."

"그렇구나."

집안 형편이 나빠졌을 때 좋은 점 중 하나는 학원 같은 델 다니지 않아도 된다는 점이라 해도 좋을 것이다. 하지만 요즘은 그렇게 말할 수도 없다. 초미의 어머니도 어쩌면 꽤 극성인지도 모른다.

"그 산타를 붙잡았던 사람들은 어떤 사람들인지 아니?"

"아, 전에 엄마가 그 아저씨들이랑 이야기하는

거 본 적 있어요."

"엄마가 뭐라고 하셨니?"

"여기는 오지 말라고 했잖아요, 라고 했어요. 하지만 그게 다예요. 무서워서 엄마한테 말씀도 못 드렸고요."

"흠."

"현장을 보고 싶은데……. 하지만 나 같은 아저씨가 여자만 사는 집에 가면 그것도 좋지 않을 거야. 낯선 남자가 가면 좀 그러니까."

그때, 권 사장이 끼어들었다.

"지희가 같이 가지 그래?"

"그래도 돼요?"

"어차피 오늘은 손님도 별로 없으니까, 다녀와."

"네."

오만은 골치 아픈 일을 맡았다는 생각이 들었다. 미국에서 사 온 인형이라고 해도, 그것을 가져다 판들 돈이 되지는 않는다. 하지만 조금 이상하다는 생각이 들었다. 만약에 동생이 인형을 갖고 놀다가 망가뜨린 뒤 몰래 버린 거라면 벌써 들켰거나 이미 실토했을 것이다.

잠시 후, 이들은 첫눈에 봐도 낡은 건물로 가득한

동네에 도착했다.

초미가 말했다.

"여기예요."

도착한 곳은 원래는 밝은 색이었지만 첫눈에 봐도 세월의 때가 잔뜩 쌓였음을 알 수 있는 빌라였다.

오만 역시 대학 졸업 후 자취하다가 실업자가 되자 다시 집에 돌아갔던 적이 벌써 세 번은 되고 지금도 누나 집에서 얹혀살고 있으니 경제적 빈곤을 이해할 수 있었다.

"언니, 웬 아저씨랑 언니야?"

초미는 고등학교 1학년인데, 동생은 초등학교 5학년 정도 되어 보였다. 오만은 어린아이를 대하는 법을 잘 몰랐으므로, 일단 간단히 인사했다.

"안녕, 반가워."

"누구세요?"

"우리는 인형 찾아주려고 온 사람들이야."

"언니, 경찰을 불렀어?"

"아, 경찰은 아니고 일종의 해결사란다."

오만의 말에 동생의 눈이 커다래졌다.

"해결사? 언니, 폭력배를 부른 거야?"

지희가 말했다.

"얘는, 내가 폭력배로 보이니?"

"인형 찾아준다고 오신 분들이라니까. 제 동생 수미예요."

수미는 당장 짜증부터 냈다.

"내가 몰래 버린 거 아니라니까! 나도 어디 있는지 몰라!"

"그 인형을 원래 어디에 놓아뒀니?"

초미는 방구석을 가리키며 말했다.

"여기요."

오만은 그 위를 보았다. 청소를 하지 않은 지 오래된 듯 먼지가 쌓여 있었다.

"이렇게 큰 인형을 들고 갔다가는 금방 눈에 띌텐데……."

오만은 방을 보았지만, 방을 살피는 데는 그리 많은 시간이 걸리지 않았다. 워낙 좁은 곳이었기 때문이다. 갑자기 이런 데서 셋이서 한 이불을 덮고 자야 한다니, 초미네 가족으로서는 기가 막히지 않을 수가 없었다.

오만은 문득, 자신이야말로 다행인지도 모른다는 생각이 들었다. 만약에 누나 집에서 얹혀살지 않았다면 자신의 집은 이보다도 더 작았을 것이다. 고시원 아니면 셰어하우스에서 살아야 했을 테니까. 물론 눈칫밥 먹는다는 점은 단점이었지만.

"이 집 비밀번호 아는 사람은 엄마랑 너희뿐이지?"

"당연하죠!"

초미는 왜 묻느냐는 투였다. 하긴 새삼스러운 질문이었다.

"흠……. 이 사진은 아저씨한테 문자로 좀 보내 줄래?"

"네."

"언니는 그 인형이 아빠 줄 알아요."

"아빠는 일 때문에 나가 계신 거잖아."

수미는 훌쩍거리며 말했다.

"어디서 뭐 하시는지도 몰라요. 연락도 잘 안 하신다고요."

오만도 이해할 수 있었다. 어린 딸들을 두고 집을 나가야 하는 아버지의 마음은 어떨까.

"아빠는 무슨 사업을 하셨는데?"

"김치 공장이요."

김치 공장이 쉽게 망할 리가 없는데 하는 생각이

들었으나, 사실 사업이란 건 여러 변수가 생기기 마련이다. 오만도 첫 직장이 망하는 바람에 월급도 제대로 받지 못하고 그만두고 말았다.

초미는 한숨을 푹 쉬었다.

"초등학교만 졸업하면 더 이상 크리스마스 선물은 없을 거라고 했는데. 제 동생은 졸업도 하기 전에 선물 끊어졌네요."

"이 빌라 말인데, CCTV는 있니?"

"있는데 다 가짜래요."

"그렇구나."

하긴 그렇게 해서 찾을 수 있다면 금방 찾았을 것이다. 하지만 가장 중요한 점은, 왜 다른 것은 두고 그 인형만 가져갔을까 하는 점이었다.

오만은 화제를 돌렸다.

"이 인형은 어떻게 호두를 깰 수 있지?"

"뒤에 손잡이가 달려 있어서 그걸로 입을 열었다 닫았다 할 수 있어요. 입 안에 호두를 넣고 콱 누르면 돼요."

"그래, 세계에서 가장 오래된 장난감이랑 비슷하네."

"가장 오래된 장난감이요?"

"고대 이집트 유물 중에 그런 게 있어. 나무를 깎아서 하마랑 악어 모양으로 만들고 입에 끈을 달아서 여닫을 수 있게 한 거야."

"재미있네요."

오만은 씩 웃었다.

"하지만 이집트가 예나 지금이나 목재가 아주 귀했으니까, 그 장난감도 꽤 사치품이었을지도 몰라."

"하긴 그 인형도 나무로 만든 거예요."

"그렇다면 더더욱 호두 깔 때 쓰면 안 되겠네."

사실 호두까기 인형은 이름만 그렇게 지었을 뿐 실제로 호두를 깰 수 없다. 호두가 먹고 싶으면 요즘은 껍데기를 깐 견과류를 사면 된다. 굳이 그 인형을 이용할 이유가 없다.

수미가 불만 어린 표정으로 말했다.

"언니는 제가 그걸 망가뜨렸다고 계속 말하는데, 전 정말 아니에요."

"어머니는?"

내 물음에 초미가 말했다.

"엄마가 그걸 왜 망가뜨려요?"

"흐음, 이상한데. 엄마도 동생도 그걸 가져가거나 버리지 않았다고 했고, 그렇다고 네가 그 인형을 무슨 부적처럼 늘 가지고 다니거나 한 것도 아니고……."

"방구석에 놓아뒀을 뿐이에요. 솔직히 엄마가 버리자고 했다면 전 버렸을 거예요. 하지만 그러지 않았다고요."

오만은 주변을 둘러보았지만, 수상한 눈으로 보면 지금 눈앞에 있는 지희마저도 수상해 보일 것이다.

"너, 혹시 이 주변에 좀 수상해 보이는 사람이 돌아다니는 거 본 적 있어?"

"엄마가 조심하라고 하시긴 했어요."

"누구를?"

"폭력배가 이 주변에 다닌다고 했는데……."

폭력배, 특히 사채업자들이 어린아이를 건드리지는 않을 것이다. 어린이나 청소년들이 두려워할 만한 사람들은 오히려 같은 또래의 일진이다.

"이게 무슨 일인지……."

오만은 다시 한번 두 장의 사진을 비교해봤다.

"호두까기 인형 말이다. 아빠가 미국에서 사 오신 거라고?"

수미가 말했다.

"네."

"그런데 산타클로스는 왜 그 시간에 그리로 갔을까? 크리스마스 시즌도 아닌데."

"모르죠. 전 정말 아빠 줄 알고 갔어요. 그런데 그 이상한 아저씨들이 산타를 붙잡고 수염을 벗기더라고요. 그 아저씨들 가끔 이 주변을 돌아다니는 것 같던데. 오늘은 없나 봐요."

"그래?"

오만은 잠시 생각한 뒤 물었다.

"그럼 너는 그 아저씨가 아빠가 아닌 걸 보고 어떻게 했니? 곧장 집으로 돌아갔어?"

"그랬죠."

그때였다.

"누구세요?"

오만이 돌아보니 중년 여자 한 명이 서 있었다. 가까이 오자 초미 자매의 어머니임을 금방 알 수 있었다. 시장에 있는 반찬 가게에서 일한다고 했는데, 몸에서 김치 냄새가 났기 때문이다.

초미 어머니는 지친 기색이 역력했지만 꾸중하

듯 말했다.

"낯선 사람이랑 이야기하지 말라고 했잖아. 누군데 집까지 오게 한 거야?"

"아, 저희는 이상한 사람 아니고 일종의 해결사입니다."

"해결사요?"

오만이 간단히 자신들을 소개하자, 초미 어머니는 기가 막히다는 듯 딸 둘을 번갈아가며 보았다.

"왜 그런 쓸데없는 짓을 하고 그러니? 그런 인형 없어진들 무슨 상관이야?"

초미가 말했다.

"하지만 이상하잖아!"

"맞아, 언니는 자꾸 내가 그거 망가뜨려서 버린 거라고 한다고!"

어머니는 둘을 보며 말했다.

"그거, 엄마가 버렸어."

"엄마가? 왜?"

"다 큰 애들이 호두까기 인형이나 만지고 있으니까 한심해서 그랬어. 쓸데없는 데 신경 쓰지 말고 공부나 해. 저기요, 해결사 비용은 얼마나 되죠?"

"염려 마세요. 무료입니다."

"무료라고요? 이상한 자원봉사도 다 하시네요."

"저희야 직원일 뿐입니다. 사장님이 시키면 해야죠."

오만은 억지웃음을 지었다.

"근데 그날 산타클로스 복장을 한 사람이 이 주변을 돌아다니다가 웬 이상한 사람들에게 붙들렸다고 하던데요. 누구인지 아시나요?"

"산타클로스 복장 한 사람은 본 적도 없어요. 작년 성탄절에 애들 아빠가 산타클로스 복장을 하고 놀아주긴 했지만요. 어쨌든 그 인형, 엄마가 버렸으니까 너희 쓸데없는 데 신경 쓰지 마!"

"왜 엄만 나한테까지 그래? 언니가 제멋대로 나 의심한 건데!"

"두 분 이제 가주세요."

하긴, 시장에서 일하고 어린 딸들까지 보살피느라 고생이 많을 것이다. 오만과 지희는 별수 없이 돌아섰다.

지희가 물었다.

"아저씨, 무슨 일이 있었을까요?"

"내가 보기엔 쟤네 엄마가 버린 것 같지는 않아. 저 애들이 그 인형을 밤낮없이 붙들고 사는 애들 같지도 않고."

"왜요?"

오만은 문제의 인형이 담긴 사진을 확대해봤다.

"이 사진을 보면 알지."

"그게 왜요?"

"요즘 애들이 스마트폰 갖고 놀지 인형을 갖고 놀겠어? 이건 그냥 장식물일 뿐이었어. 저 어머니는 우리가 꺼려지니까 거짓말을 한 거야. 사실 귀찮겠지. 그렇지 않아도 집안 망하고 시장에서 일한다고 했으니까 여러모로 스트레스받을 텐데 말이야."

지희가 말했다.

"하긴 그렇겠네요. 사장님한테 뭐라고 할까요? 상담은 끝난 건가요? 의뢰인 쪽에서 의뢰를 취소한 셈이잖아요."

그 산타클로스가 과연 그 집에 들어갈 수 있었을까. 설령 들어갔다고 해도 굳이 그 인형만 훔쳐서 달아날 이유가 있었을까 하는 생각이 들었다.

"그날 그 집에는 침입한 흔적은 없었다고 했는

데, 아무래도 애들만 있고 엄마도 바쁘니까 집이 좀 흐트러져 있었겠지."

오만은 지저분한 자신의 방을 떠올렸다. 자신이 어렸을 적부터 잘하지 못했던 것 중 하나가 청소였다.

오만은 별별 생각이 다 들었다.

'애들이 엉뚱한 데 관심 갖는 게 싫으니까 일부러 그렇게 말한 것 같은데, 계속 조사해볼까? 아니지. 나야 뭐, 카페 손님이 의뢰한 대로 하면 그만이니까. 손님이 취소한 건데, 더 이상 해결할 필요가 있을까?'

오만은 카페로 돌아가 권 사장에게 자신이 겪은 일을 그대로 보고했다.

"사장님, 그럼 어떻게 할까요? 이 의뢰는 취소인가요?"

"백오만 씨는 어때요, 취소하고 싶어요?"

"꼭 이 이벤트로 세 가지 해결을 다 채워야 한다면 지금이라도 다른 사연을 택하는 게 좋지 않을까요?"

오만은 그만두겠다고는 말하지 못하고 그렇게 대답했다.

"아뇨, 그럴 수는 없어요."

권 사장은 고개를 저었다.

"선택한 건 그대로 해야 해요. 일을 해결해야 제
대로 한 거죠."

오만은 기가 막혔지만, 사장의 지시를 어길 수는
없었다. 지희가 말했다.

"하긴 저도 이상하긴 했어요. 그런데 아무리 생
각해도, 왜 굳이 인형을 훔쳤을까요? 그리고 침입 흔적
도 없이 그 인형만 없어질 수가 있나요? 돈도 뭣도 없는
데 온라인에 팔려고 했을 리도 없고요."

오만은 잠시 생각해보더니 이내 수긍했다.

"그래, 거기다 인형이 없어졌다고 했을 때 그 앞
에서 산타클로스 복장을 하고 다녔다는 사람, 그것도 우
연 같지는 않다."

지희가 손뼉을 치고는 말했다.

"아, 혹시 이거 그거 아닐까요?"

"그거라니?"

"그 인형 말이에요. 알고 보니까 굉장히 값나가
는 물건이었을 수도 있잖아요? 걔네 아빠가 골동품 가
게에서 우연히 그걸 샀는데, 가게 주인이나 점원이 잘못
보고 헐값에 팔았을 수도 있어요. 그런데 그걸 누가 알

고 훔친 거예요! 그 원룸텔은 CCTV도 다 가짜고, 전문 도둑이라면 비밀번호를 알아내는 방법도 있겠죠."

권 사장이 물었다.

"도둑이 그걸 어떻게 훔쳤다는 거야?"

"거기까지는 잘……. 그래도 전문 도둑이면 그런 집에 들어가는 건 어렵지 않을 거예요."

오만이 말했다.

"하지만 내가 도둑이라면 그 집에 몰래 들어갈 때 똑같은, 아니면 비슷하게 생긴 인형을 미리 준비해 가서 바꿔치기했을 거야."

권 사장도 오만의 의견에 동의했다.

"그편이 낫지. 호두까기 인형 구하는 거 생각보다 어렵지 않아. 인터넷으로 해외 직구도 가능한데, 뭐. 그러니 똑같은 걸 갖고 들어가서 바꿔치기하는 게 낫지. 그편이 들키지 않을 테니까."

E퀸에도 크리스마스 장식 중 하나로 비슷한 인형을 두고 있었다. 지희가 말했다.

"집안도 어려운데 인형 하나 가지고 여기에 사연까지 보내다니, 참 이상해요."

물론 속으로 '그런 일을 채택한 사장님이 더 이상

해요'라고 했을지도 모른다.

"그렇지 않을걸. 집안이 어려워질수록 예민해지고, 그러다 사소한 일 갖고도 크게 싸울 수 있으니까 말이야."

오만은 여러 가지 생각이 들었다. 회사에서 잘리고 다른 회사 찾아다니느라 집에서 눈칫밥 먹던 때가 있었으니까. 사실 지금도 마찬가지이긴 했다.

지희가 말했다.

"혹시 그 인형 안에 뭔가 귀한 물건이 숨겨져 있었던 거 아닐까요?"

"귀한 물건이라니?"

"그거 걔네 아빠가 미국에서 사 온 거라고 했잖아요. 그런데 사실 그 인형 안에 혹시 마약이나 보석을 숨겨서 밀수하려고 했거나……."

오만이 말했다.

"그랬으면 세관에서 벌써 걸렸겠다."

마약 밀수범들은 별별 방법을 다 쓰기 때문에 공항에서 검역이 매우 엄격하게 이뤄진다.

"너 외국 나갔던 적 없지?"

"피, 아직 없어요."

"어이쿠!"

그때, 뭔가가 쿵 하고 떨어지는 소리가 들렸다. 고개를 돌려 보니 그 카페의 단골인 소설가 김북현이 서 있었다. 김북현이 책꽂이에서 꽤 무거운 책을 빼다가 실수로 떨어뜨린 모양이었다.

"아, 놀랐어요?"

"아닙니다."

문득, 오만의 눈에 김북현이 든 책이 들어왔다. 일본의 소설가 에도가와 란포 전집이었다.

"오, 에도가와 란포 작품이군요?"

"네."

"그러고 보니, 에도가와 란포의 데뷔작 단편이 그거죠? 「2전동화」."

지희가 물었다.

"무슨 동화요?"

김북현이 말했다.

"「2전짜리 동전」이라고 해야 더 알아듣기 쉽겠네요. 동화는 동으로 만든 화폐를 말합니다. 일본의 추리소설가 에도가와 란포의 대표적인 단편 중 하나인데, 어떤 사람이 자기 룸메이트가 갖고 있던 2전짜리 동전에 쪽지가 숨겨진 걸 보고 은행 강도들이 훔친 돈을 어디에 숨겼는지 알아내는 이야기죠."

"어머나."

순간, 오만의 머릿속도 움직였다.

"아니, 잠깐. 이런 건 「2전짜리 동전」보다는 셜록 홈스 시리즈 중 하나인 「푸른 홍옥」이 더 어울리려나? 아니지, 우리 카페 이름대로 엘러리 퀸의 작품이 더 어울리겠네."

"엘러리 퀸의 작품이요?"

지희는 무슨 말을 하느냐는 듯 오만을 바라봤다.

"엘러리 퀸 대표작 중 하나가 『중국 오렌지 미스터리』지."

"굳이 중국 오렌지가 필요해요?"

지희가 어리둥절해하자 오만은 씩 웃고는 말했다.

"범죄 수사를 위해서는…… 아니, 이건 범죄는 아닐지도 모르지만, 상상력이 필요하지."

다음 날, 오만은 초미에게 문자를 보내 어머니가 일하는 시장이 어디인지 물어보고 직접 그리로 갔다.

"실례합니다."

"여긴 무슨 일이세요?"

초미 어머니는 그리 반가운 얼굴이 아니었다. 하긴 그럴 것이다. 경찰도 아닌데 해결사랍시고 왔으니 그럴 만했다.

"그 인형 찾아준다고 오신 거예요? 그거 제가 버렸다고 말씀드렸잖아요."

"그게 아닙니다. 좀 여쭤보고 싶은 게 있어서요."

"무슨 일이신데요?"

"그 인형 말인데요. 초미 아버님이 어디서 사셨다고 했죠?"

"미국에서요."

"미국의 어느 가게인지 혹시 아십니까?"

"그건 왜 물으세요?"

초미 어머니는 바쁘다며 손짓했다.

"꺄!"

유모차에 타고 있던 오만의 조카가 방긋 웃었다. 그러자 초미 어머니도 웃었다.

"안녕하세요, 해야지?"

"아기가 참 예쁘네요. 딸인가요?"

"조카입니다."

저는 아직 미혼입니다, 라고 할 필요까지는 없었다. 그날은 그리 춥지 않았기 때문에 오만은 일부러 조카를 데려왔다. 어머니를 상대로 이야기할 때 아기를 데려가면 최소한 짜증을 내지는 않을 것이라고 여겼기 때문이다.

"그래도 사실 거 없으면 가주세요. 저도 바빠요."

"김치 좀 주세요."

오만은 씩 웃었다.

"우리나라 사람들, 김치 없이는 못 사는 거 아시죠?"

"김치야 여기서만 파는 것도 아닌데요. 에휴, 사실 김치가 웬수죠. 우리 남편이 김치 공장 하다가 도시락 업체에 납품이 중단돼서 부도가 난 건데."

초미 어머니는 찬물을 쭉 마셨다.

"많이 서운하시겠죠. 그래도 좋은 일이 생길 겁니다."

"그래도 그 인형 이야기라면 하지 마세요. 며칠째 딸 둘이 그거 갖고 네가 망가뜨렸다 아니다 하고 싸우고 있으니까요."

"자매가 사이가 좋아도 가끔 오해 때문에 그럴 수

있죠."

오만은 맞장구치다가 뭔가 생각이 난 듯 물었다.

"근데 그 인형 정말 어머님이 버리신 거 아니죠? 설령 어머님이 그랬다면 애들이 며칠씩이나 싸우겠습니까? 인형 없어졌다고 난리가 났을 때 그냥 그렇게 말씀하셨을 텐데요."

오만의 말에, 초미 어머니는 한숨을 쉬었다.

"그래요. 인형만 없어진 게 이상해요. 물건을 뒤진 흔적이라도 있으면 도둑이구나 하고 넘어갈 텐데, 사실 저도 무서워요."

"그날 산타클로스 복장을 한 사람이 그 빌라 주변을 돌아다녔다고 했는데 그게 누군지 아셨습니까?"

"아, 나중에 알았어요."

"네? 누군데요?"

"우리 옆집에 사는 자취하는 총각인데, 대학생이라고 했어요. 어느 날 모르는 사람이 그 학생에게 돈을 주면서 산타클로스 복장을 하고 우리 집…… 그 원룸텔 주변을 돌아다녀달라고 부탁을 했다고 해요. 그런데 그랬다가 이상한 사람들에게 붙잡혀서 수염이 떨어졌대요."

"수염이 떨어져요?"

"네, 그 사람들이 학생 얼굴을 확인하더니 놓아주고는 그냥 가더래요. 사과 한마디 없었다고 굉장히 기분 나빠 하더라고요."

"거참, 돈을 준다고 해도 그런 일을 선뜻 하다니. 그럼 그 이상한 사람들은 혹시 사채업자인가요?"

오만이 묻자 초미 어머니의 눈이 휘둥그레졌다.

"어떻게 아셨어요?"

"사업이 어려워졌을 때 가족에게까지 피해를 주기 싫어서 이혼하는 분들이 있으니까요. 처자식이 있는 이곳에 아버님이 다시 나타날까 봐, 사채업자들이 근처에서 잠복하고 기다리고 있었다는 생각이 들더군요."

"그렇군요."

"그 사람들 아직도 가끔 돌아다니고, 아버님 어디 있느냐고 어머니한테까지 와서 그러죠?"

초미 어머니는 어느새 눈물 흘리기 일보 직전의 얼굴이 되었다.

"네."

"흠, 그렇군요. 하나만 말씀해주세요. 남편분이 그 인형을 어디에서 샀는지 알려주실 수 있습니까?"

초미 어머니가 핸드폰을 내밀었다.

"여기요."

"제 핸드폰으로 이 사진을 보내도 될까요?"

그것은 초미 아버지가 지난해 미국에 갔을 때 보내준 사진으로, 뉴욕의 어느 오래된 백화점이 찍혀 있었다. 나머지는 검색만 해봐도 알 수 있다.

오만은 집에 돌아와 그 가게를 검색해봤다. 뜻밖에 꽤 크게 기사가 나 있었다.

'내 생각이 맞았네. 인형에 숨길 수 있고 공항에서도 들키지 않을 수 있는 물건이라면 딱 두 가지지.'

오만은 초미에게 전화를 걸어 다음 날 E퀸으로 오라고 했다.

"무슨 일이세요?"

초미는 얼굴을 찌푸리며 물었다.

"어서 와. 차나 커피, 뭐 마실래?"

"돈 드려야 해요?"

"의뢰와 관련된 건 무료니까 염려 말고 아무거나 시켜."

오만은 초미에게 의자를 권한 뒤 자신도 앉고는 질문을 던졌다.

"너 추리소설가 엘러리 퀸이라고 아니?"

"몰라요."

"20세기의 가장 대표적인 추리작간데, 나중에 한 번 읽어봐. 그 사람이 자기 작품에서 몇 번 썼던 소재가 있어. 사실 그것보다 이번 일은 「푸른 홍옥」과 비슷하다고 하는 편이 좋겠지만. 「푸른 홍옥」이 뭔지 아니?"

"셜록 홈스 시리즈 중에 그런 단편이 있었던 것 같아요."

"그래, 아는구나. 정확히 말하면 홈스 시리즈 첫 단편집인 『셜록 홈스의 모험』에 실려 있지. 크리스마스 요리용으로 잡은 거위 배 속에서 푸른 홍옥이 발견되면서 일어나는 일이니까."

"그 이야기는 왜요?"

"이번 일이 그 책 내용과 비슷한 것 같아서. 그 인형 말이다. 내 짐작이긴 한데 훔쳐 간 사람이 네 아버지일 것 같아."

"네?"

초미는 기절할 듯 놀랐다.

"우리 아빠가 도둑이라고요? 아니, 아빠가 왜요?"

"지금 너, 동생, 너희 엄마 말고 그 집 비밀번호 알

고 있는 사람은 너희 아버지니까. 침입 흔적이 없다고 했
잖아."

"그, 그야 그렇죠. 그런데 아빠가 왜 우리한테 말
도 안 하고 그걸 훔쳐요?"

"다 너희를 생각해서 그런 걸 거야."

"그게 무슨 말씀이세요?"

사실 오만으로서는 두 가지 가설이 있었는데 둘
중 하나는 도저히 아직 어린 초미에게 말해줄 수 없었다.

"그 인형이 필요하다면 너희 아버지는 너나 동생
을 시켜서 가지고 나와달라고 할 수 있었을 거야. 하지
만 너희 집 주변에 사채업자들이 진을 치고 있어서 그럴
수 없었겠지."

"네?"

"그래서 너희 아버지는 옆집에 자취하는 총각한
테 돈을 주고 일부러 눈에 띄는 산타클로스 차림으로 집
주변을 돌아다니라고 했던 거야. 그렇게 되면 사채업자
들이 네 아버지가 변장한 것인 줄 알고 붙들었겠지. 하
지만 아니었으니까 그냥 풀어준 거고."

"그리고요?"

"너희 아버지는 그 틈을 타서 너희 집에 몰래 들

어갔을 거야. 동생도 나간 다음이라 집은 비었고, 인형을 들고나올 수 있었겠지."

"그런데 왜 아빠가 그렇게까지 해서 인형을 들고나와요? 그게 아빠한테 도움이 되나요?"

"되니까 그렇지."

"네?"

"그 인형 안에 뭔가가 있었으니까. 그거 미국에서 사 온 거라고 했잖아."

초미는 전날의 지희와 같은 말을 했다.

"혹시 그 인형 안에 마약이나 보석 뭐, 그런 게 있었단 말씀이세요?"

"하하하. 인형 안에 마약이나 보석을 숨겼다면 틀림없이 공항 세관에서 들켰을 거야. 하지만 인형에 숨길 수 있을 만큼 작고 비싸고, 거기다 세관에서도 쉽게 들키지 않을 수 있는 물건이 있지."

"뭔데요?"

"기밀문서. 그런데 그런 거라면 대개 USB 같은 것에 담았을 텐데 그런 건 오히려 들키기 쉬우니 가능한 건 두 가지. 하나는 종이에 쓴 기밀문서고, 다른 하나는……."

초미는 인내심이 부족한 듯 조금 짜증을 내며 물었다.

"그게 뭔데요?"

"바로 이거야."

오만은 핸드폰 화면을 초미에게 내밀었다.

"이게 뭐예요?"

"우표."

"네?"

초미는 무슨 말이냐는 듯 눈이 휘둥그레졌다.

"요즘은 다 SNS나 이메일 쓰지, 종이 편지는 잘 쓰지 않고 심지어 우체국에서도 우표를 거의 쓰지 않으니까 너희 세대는 모를 거야. 하지만 19세기 초 우표는 우리 돈으로 몇억 원은 하거든. 국가적으로 큰 일이 있을 때 나라에서 기념우표나 주화를 발행하곤 하는데, 나중에는 희소성 때문에 가격이 어마어마하게 올라가지. 1856년 당시 영국령이던 가이아나에서 임시로 발행한 1센트짜리 우표는 거의 150억 원 정도의 가격에 팔리기도 했으니까."

보통 사람들로서는 상상하기 힘든 거액에 초미의 눈이 휘둥그레졌다.

"정말요?"

"응. 그래서 내가 너희 어머니한테 그 인형을 어떻게 구했는지 여쭤보고, 미국 뉴스에 그 인형 산 가게를 검색했어. 그랬더니 이런 기사가 나오더라."

오만은 핸드폰을 조작한 뒤 다시 화면을 초미 앞으로 내밀었다.

"이건 작년에 뉴욕 어느 백화점에서 있었던 우표 도난 사건에 대한 기사야. 백화점에서 크리스마스 마켓 행사 관련 전시로 19세기 초 크리스마스 기념우표 전시회가 있었는데, 어떤 사람이 그걸 훔쳐서 가짜 우표랑 바꿔치기하고 호두까기 인형에 숨겨서 나간 거야."

"굳이 우표를 인형에 숨겨요? 조그만 건데 몸에 숨기면 되지 않나요?"

"그 도둑이 눈에 띄지 않으려고 자기 딸한테 호두까기 인형을 사주면서까지 거기에 훔친 우표를 숨겨 뒀는데, 그 딸이 그만 인형 전시관에서 넘어지는 바람에 다른 인형이랑 바뀌었대. 참, 코미디가 따로 없지."

"세상에."

"그런데 너희 아버지가 그만 그 백화점에 갔다가 우표가 숨겨진 인형을 사게 된 거야. 정말 기가 막힌 우연이지."

"근데 아빠가 왜 잡히지 않았어요?"

"아무리 세관이라도 짐 깊숙이 넣어둔, 그것도 잡히지도 않는 우표를 적발할 수는 없었을 거야. 거기다 너희 아버지는 그날 비행기로 곧장 한국으로 왔는데, 그 인형 하나 가지고 찾을 수 있었겠어? 크리스마스 시즌에 그 인형을 파는 곳이 얼마나 흔한데. 범인도 그걸 찾으려고 사방팔방 돌아다니다가 붙잡혀서 그 우표 사건까지 모두 자백했대. 근데 우표를 찾지는 못한 거고. 너희 아버지가 나중에 우연히 그 기사를 보고 혹시 자기가 사온 인형에 우표가 있지 않을까 하는 생각을 하셨겠지."

"그럼 저한테 그 인형을 가져다 달라고 전화를 하면 되지 않아요?"

"너희까지 얽히게 하기 싫었을 테니까. 그래서 할 수 없이 도둑 흉내를 낸 거지. 그리고 혹시 그 사채업자들이 알게 된다면 그 우표를 빼앗기겠지?"

초미는 좀 서운하다는 얼굴로 오만을 보았다.

"그렇군요……. 근데 그 뒤로 아빠는 왜 연락이 없을까요?"

"우선 확인부터 해야 하니 그렇겠지. 그 인형 안

에 우표가 없을지도 모르는데 미리 말해서 기대만 키우면 실망만 커지고, 또 없으면 솔직히 창피하기도 할 테니까. 원래 우표 주인이랑 어떻게든 연락해서 그 우표가 맞는지 확인도 해야 할 테니 시간이 필요할 거야. 지금은 이렇게밖에 추정할 수가 없어. 이건 어디까지나 가설이다. 사실 증거는 없어. 하지만 내 추정이 맞다면 좋은 소식이 곧 들려올 거야."

오만은 초미를 다시 보았다.

"우표는 엘러리 퀸이 자주 써먹었던 소재 중 하나거든. 아니, 추리소설에서 가장 흔히 나오는 보물 중 하나라고 해야겠지."

"그렇군요."

"작년 크리스마스 파티가 즐거웠다고 했지? 언제든 다시 온 가족이 모여 크리스마스 파티를 할 수 있을 거다."

"고맙습니다."

며칠 후, 초미가 카페 E퀸에 전화했다.

오만의 짐작대로 초미 아버지는 정말 그 우표 도난 사건 기사를 우연히 보고 혹시나 하는 마음에 집에 몰래 가서 인형을 들고나왔다. 하지만 사채업자들이 그 근처에서 잠복하고 있다는 사실을 알고 있었기 때문에, 그들의 시선을 끌기 위해 옆집 사람에게 부탁해 산타 복장을 하고 다니도록 했다. 그리고 그 인형 안에서 도난당한 우표를 찾아냈다.

초미 아버지는 당장 그 우표를 경찰에 들고 갔고 다행히 우표 주인에게도 연락이 닿았다. 잘하면 사례금도 받을 수 있을 것 같다고 했다.

지희는 눈을 크게 뜨며 물었다.

"사례금 받으면 최소한 사채업자들에게 시달리지는 않게 되겠네요. 그 우표 가격이 우리 돈으로 거의 15억 원쯤 한다고 했죠? 그러면 사례금으로 10퍼센트만 받아도……."

권 사장도 한마디 했다.

"그 집 빚이 얼마나 되는지는 모르잖아. 뭐, 그래도 부담이 상당히 줄겠네."

"그러게 말이다. 솔직히 내 예상이 빗나가서 다행이긴 하지만."

"네? 아저씨가 무슨 예상을 했는데요?"

"내가 보험회사에서 잠깐 인턴 일했을 때, 어떤

사람이 자기 아들이 교통사고를 당했다고 해서 보험금을 지급했거든? 그런데 그 사람이 처자식 다 팽개치고 그 돈 들고 혼자 외국으로 튀었어. 그래서 회사까지 발칵 뒤집혔지 뭐야."

"어떻게 아들 치료비를!"

지희도 권 사장도 크게 놀랐다.

"사람 탈 썼다는 표현도 모자라지? 그 사람도 혹시 그 우표를 찾아 팔아서 그렇게 하려고 했던 게 아닐까, 그래서 일부러 가족에게 알리지 않은 걸지도 모른다고 생각했는데 말이야. 그건 아니었으니 다행이지."

"정말 다행이네요."

오만은 고개를 저었다. 거액의 돈은 사람의 마음을 약하게 만드는 법이다. 하지만 초미의 아버지는 다행히 가족을 택했다.

이번에는 권 사장이 물었다.

"그럼 굳이 인형까지 훔칠 필요 없이 그 우표만 떼어 가면 되지 않아요?"

"아닙니다. 그러면 인형을 분해해야 하니까 그만큼 시간이 걸리죠. 사채업자들에게 들키지 않고 피하려면 그 방법을 써야 했을 겁니다."

"그런데 아저씨, 생각보다 멋있었어요."

오만은 약간 거드름을 피웠다.

"나 멋있는 거 이제 알았냐?"

"참 나. 그 애한테 언제든 다시 온 가족이 모여 크리스마스 파티를 할 수 있을 거라고 한 거요. 그게 희망이었겠죠."

오만은 한숨을 푹 쉬었다.

"그러길 바라야지, 뭐. 요즘 같은 불경기에 가족만큼 중요한 희망이 어디 있겠어?"

가족이 모두 모일 수만 있다면 초미에게 그만한 크리스마스 선물은 없을 것이다.

오만은 문득, 어렸을 적 크리스마스 선물로 뭐가 올까 하고 기대했던 생각이 났다. 하지만 이렇게 백수나 다름없는 몸이고 가정을 이루는 것도 불확실해진 지금, 가족이 가장 소중하다는 걸 그 당시에는 왜 몰랐을까 하는 생각도 들었다.

크리스마스에는 특별한 빵을

카페 문이 열리고 이정태가 들어왔다. 그의 표정을 보자, 세 사람은 모두 크게 놀랐다.

오만이 먼저 물었다.

"아니, 왜 그러시죠? 틀렸나요?"

이정태는 반은 원망, 반은 의혹에 찬 눈으로 오만을 보았다.

"아닙니다. 정확히 맞았어요."

"네?"

"알려주신 대로 금고 번호를 입력했더니 그대로 열렸습니다. 참 대단하세요. 제가 며칠을 고민해도 몰랐던 걸 단번에 알아내시다니."

"그런데 무슨 일이라도 있었습니까?"

오만의 물음에, 이정태는 쓰게 웃었다.

"빵을 구워봐야 알았을 줄이야. 이럴 줄 알았으면 제가 직접 구워보는 건데 말이죠."

오만이 다시 물었다.

"그럼 남의 도움을 받았기 때문에 불합격한 건가요?"

"그건 아닙니다."

이정태는 한숨을 푹 쉬었다.

"사장님이 저한테 갑자기 다른 질문을 하셨어요."

"다른 질문이 뭔가요?"

"굳이 이렇게까지 하면서 암호를 풀어보라고 한 이유가 뭔지 아느냐고 물으셨습니다."

"네?"

"대답을 못 했죠. 그랬더니 아주 못마땅한 얼굴로 나가버리시지 뭡니까. 그건 사장님이 화나셨을 때 하는 행동인데."

이정태의 말에 오만은 다시 한번 생각해봤다.

이틀 전이었다. 오만은 권 사장에게서 받은 의뢰를 검토하고 있었다. 권 사장은 과연 무슨 기준으로 의뢰를 선발하는 건지 궁금했다. 블로그도 직접 관리하며 아무도 보지 못하게 하고는 의뢰 내용을 인쇄해서 보여주기만 했다.

오만은 약간 푸념하듯 말했다.

"아니, 이런 걸로 의뢰를 하는 사람도 있네?"

지희는 기대가 된다는 듯 눈을 반짝거리며 말했다.

"그래도 이 사람, 꽤 유명하던데요? 제과 대회에서 몇 번 우승하기도 했어요."

하긴 그럴 만했다. 제과와 관련된 암호 풀이라니.

"그래도 그렇지. 지희 너는 케이크 좋아하니?"

지희는 눈을 크게 뜨며 물었다.

"케이크 싫어하는 사람 있어요? 그러고 보니 요즘이 케이크 철이잖아요?"

"전에 내가 일했던 어느 직장 상사는 그거 싫어해서, 내가 먹는 거 보고도 못마땅한 얼굴이더라."

권 사장이 씩 웃었다.

"그런데 참 신기하긴 해요. 자기 집 금고 비밀번호를 알아내는 게 의뢰라니 말이에요. 거기다 힌트가 쿠겔호프 틀이라니."

지희가 말했다.

"자기 가게 금고를 연다는 거니까, 후계자로 인정한다는 뜻일 수도 있겠네요?"

두 번째 의뢰인은 꽤 큰 베이커리 카페에서 파티시에를 하는 사람이라고 했다. 그런 점이 오히려 오만에게는 불만이었다. 자신보다도 사회적으로나 경제적으로 훨씬 안정적인 사람의 고민을, 그것도 연애 및 결혼과 관련된 문제를 자신이 해결해줘야 한다니. 자신은 마지막 연애를 언제 했는지조차 잊고 있었는데.

"올 때 선물로 케이크나 과자 같은 거 좀 가져오면 좋겠다."

"우리 의뢰는 전부 무료라는 거 잊었어?"

오만은 지희에게 핀잔을 주고는 카페 문 쪽을 보았다. 지희는 웃으며 말했다.

"그래도 이건 진짜 추리소설 같잖아요."

하긴 오만도 이번 의뢰 내용을 보고 비슷한 생각을 했다. 자신이 마치 추리소설 주인공이 된 기분이었다.

권 사장이 끼어들었다.

"솔직히 저도 기대되는데요?"

오만 역시 마찬가지였다. 케이크와 관련된 암호 풀이 이야기라니.

지희가 물었다.

"그런데 의뢰인이 말한 쿠겔호프가 뭔가요? 먹는 거예요?"

"빵 종류야. 동방박사가 예수 그리스도를 찾아가다가 알자스에 들렀는데, 토기장이를 만나 그 집에서 하룻밤 묵고 그 보답으로 토기장이가 만든 그릇에 빵을 구워서 그 사람에게 선물했다고 해. 그게 쿠겔호프의 기원이라는 설이 있어."

"그렇군요."

"그런데 사실 말이 안 돼. 예수 탄생지는 이스라엘의 베들레헴이고, 동방박사는 동쪽의 페르시아 사람들이거든. 알자스는 프랑스 동부, 독일과의 국경 지방인데 말이야. 한참 떨어져 있는 곳이잖아."

"엄청 돌아 갔나 보죠."

지희는 그렇게 말하고 킥킥 웃었다.

"그 외에 다른 설도 있어. 여자 주름치마를 표현한 모양이라는 설, 또 오스만제국 사람들의 모자 모양으로 만들었단 설도 있고."

"오스만제국 사람들 모자요?"

"오스트리아 사람들이 오스만제국을 물리친 다음에, 튀르크인들이 쓰던 모자와 비슷한 모양의 빵을 만들어 먹으면서 승리를 기념했다는 거지. 하도 오래전에 만들어진 빵이라 별별 설이 많아."

그때 카페 문이 열리고, 두 남녀가 들어왔다.

"어서 오십시오."

"여기가 크리스마스와 관련된 고민을 풀어주는 카페인가요?"

그렇게 물어본 남자는 오만과 나이가 비슷해 보였다. 키가 꽤 컸으며, 블로그에 남긴 글에 따르면 파티시에였다.

"네, 제가 담당입니다. 백오만이라고 합니다."

"안녕하세요. 이정태라고 합니다."

오만은 그에게 의자를 권했다. 여자는 낯선 듯 두리번거렸다.

"글에도 남겼지만, 저는 파티시에입니다. 제빵사죠."

"네, 봤습니다. 말씀하신 건 혹시 가져오셨나요?"

이정태는 큰 봉지를 탁자 위에 올려놓았다.

"여기 있습니다. 그리고 이쪽은 제 약혼…… 아니, 여자 친구입니다."

"신정선이라고 해요."

지희가 눈치 없이 끼어들었다.

"두 분 다 이름에 '정' 자가 들어가네요."

"하하하. 네, 그렇습니다. 살면서 무슨 문제 생기면 서로 정정해주고, 늙어도 같이 정정하게 살고 싶습니다. 별명이 정정 커플이죠."

"하하하."

"좌우간 저는, 제가 일하고 있는 베이커리 카페 사장님께 정식으로 말씀드렸습니다. 이 사람이랑 결혼하고 싶다고요. 사장님 딸이거든요."

옆에 있던 신정선의 얼굴이 붉어졌다.

"그랬더니 사장님이 저에게 조금 어처구니없는 과제를 내주셨습니다. 블로그에도 글을 올리기는 했지만요."

오만도 그 글을 보고 놀라기는 했다.

"저는 뭐, 가게의 시그너처 메뉴가 될 만한 오리지널 케이크나 그런 걸 만들어보라고 하실 줄 알았는데 말이죠. 글 올린 대로, 카페에 있는 금고의 비밀번호를 알아내라고 하신 거예요. 그러면 결혼 허락해주신다고요. 그리고 힌트는 이 틀에 있다고 하셨어요."

이정태는 자신이 들고 온 봉지에서 조금 특이해 보이는 물건을 하나 꺼냈다. 그것은 케이크 틀이었다. 우리나라에서 파는 케이크 틀은 대부분 금속제인데, 특이하게도 도자기로 만들어져 있었다. 마치 왕관처럼 보이기도 했다.

"이게 무슨 틀이냐면······."

"쿠겔호프 틀이죠."

오만이 대답했다. 쿠겔호프는 알자스 지방의 크리스마스 케이크 중 하나다. 물론 그곳 사람들은 평소에도 자주 먹으며, 그 크기도 다양하다.

지희가 눈을 크게 뜨며 말했다.

"시폰 케이크랑은 조금 다르게 생겼네요?"

"네, 시폰 케이크 틀이랑은 모양이 약간 달라요. 시폰 케이크는 굴곡지지 않고 판판한, 원뿔을 잘라낸 듯한 모양입니다. 하지만 쿠겔호프는 이렇게 나사 모양의 주름이 있지요."

지희가 물었다.

"그런데 왜 가운데에 구멍이 있나요?"

"이렇게 두껍게 만들어 구우면 가운데는 덜 익게 되니까요. 도넛도 그래서 구멍을 뚫었죠."

"그 금고 내용물은 뭔지 아시나요?"

오만의 질문에, 이정태는 놀랍게도 망설이지 않고 대답했다.

"뭐, 그 안에 현금이나 그런 건 없고 수첩이 있습니다. 사장님이 평생 연구하신 빵 및 과자 레시피가 다 적혀 있지요."

이정태 또한 파티시에라서 제빵이나 제과에는 전문가일 것이므로 그 레시피가 담긴 수첩이 굳이 필요 없을 것이다. 하지만 사장의 딸과 결혼하여 그 가게를 이을 생각이라면 전통을 잇는다는 명목으로 그 수첩을 받아야 할 것이다. 왕이 세자에게 옥새를 물려주는 것과 비슷하다고 할 수 있다.

오만이 물었다.

"그런데 이걸 주면서 여기 힌트가 있으니까 풀어 보라고 하신 건가요? 쿠겔호프가 혹시 그 가게 주력 메뉴인가요?"

"저도 그게 이상합니다. 지금까지 쿠겔호프는 우리 가게에 내놓은 적도 없거든요. 크리스마스 시즌에 슈

톨렌이나 파네토네, 부쉬 드 노엘 같은 걸 내기는 하는
데 이건 정말 낸 적도 없습니다."

오만은 신정선 쪽으로 고개를 돌렸다.

"저기, 신정선 씨는 아무것도 모르십니까?"

"제가 알았으면 벌써 알려줬을걸요. 저희 아빠가
수수께끼 같은 걸 좋아하셔서요."

신정선은 고개를 저었다.

"늘 요리가 하나의 문화 창조라고 하셨어요. 문화
라는 게 사람이 살아가는 방식이라면서요. 그런데 이런
문제를 내시다니, 저도 이해가 가지 않아요."

오만은 그 쿠겔호프 틀을 가볍게 두드려보았다.

"아버님 말씀이 맞죠. 문화는 중요한 거니까요.
이 틀은 어디서 구해 오신 겁니까? 대개 이런 제빵 틀은
쇠로 만드는데 이건 도자기네요?"

쿠겔호프의 기원이 된 전설에 따르면 토기장이가
만든 틀에 빵을 구웠다고 했으니, 이 틀이 더 원형에 가
깝기는 했다.

"스트라스부르라고 아세요? 프랑스에 있는."

"아, 유명한 곳이죠."

오만도 금방 알 수 있었다. 그곳은 프랑스 알자스

지방에서 가장 큰 도시이기도 하다. 특히 크리스마스 시즌에 열리는 시장, 일명 크리스마스 마켓으로 유명해 이 맘때쯤에는 관광객으로 북적인다.

"사장님이 가끔 외국의 빵이나 과자 등을 연구하신다고 외국까지 다녀오시는데, 지난 10월쯤에 거기 다녀오셨습니다. 그때 사 오신 거죠."

오만은 그 틀을 다시 한번 보았다.

"크리스마스 전에 답을 달라고 하셨습니다. 그런데 저로선 도저히 알 수가 없었죠. 그렇지 않아도 지금이 제일 바쁠 땐데 신경이 쓰여서 일도 손에 잡히지 않아요."

이정태가 근무하는 베이커리 카페는 케이크 마니아 사이에서는 꽤 인기가 있었으니 크리스마스 시즌이 가장 바쁠 것이다.

신정선이 말했다.

"남의 도움을 받지 말라는 말씀은 없으셨거든요. 제가 돌아다니다가 우연히 이 카페 블로그를 찾았는데 당첨이 될 줄은 몰랐어요."

"좋습니다. 도와드리죠. 하지만 얼마나 도움이 될지는 모르겠습니다."

이들은 지푸라기라도 잡는 심정으로 신청했을 것이다. 이 미션이 크리스마스와 무슨 관련이 있을까. 겹치는 점이 있다면 쿠겔호프가 크리스마스의 빵 중 하나라는 점이다. 오만은 권 사장을 바라보았으나 아무 말도 없었다. 대체 왜 이런 의뢰를 받자고 한 걸까.

　　오만은 신정선 쪽으로 고개를 돌렸다.

　　"뭐 좀 여쭤보겠습니다."

　　"뭘요?"

　　"아버님이 최근에 뭔가 걱정거리 같은 게 있었습니까? 이번 일도 그와 관련이 있을 수 있거든요. 아니면, 맡겨두신 그 쿠겔호프 틀을 가지고 뭐라고 언급하신 게 있습니까?"

　　"별 말씀 없으셨는데⋯⋯. 아, 그 과제를 주시기 전에 그 틀로 케이크를 만드셔서 우리 가족이랑 점원들 전부 맛봤어요."

　　"그때 무슨 특별한 일 없었나요?"

　　"요즘 이도 좋지 않은데 괜히 아몬드를 넣었다고 엄마에게 미안해하셨죠."

　　"아몬드요?"

　　"쿠겔호프는 주름치마 같아서 굽기 전에 틀의 각

끝부분마다…… 아, 여기요. 이렇게 아몬드를 한 개씩 미리 넣고 그 위에 반죽을 부으면 나중에 케이크를 다 구웠을 때 자동으로 아몬드가 그 위에 얹어진 모양이 되거든요."

쿠겔호프를 구울 때는 케이크의 윗부분을 아래로 하고 굽는다. 즉, 틀의 아래쪽이 케이크의 위쪽인 셈이다.

"그런데 그게 이상했습니까?"

"엄마는 평소 견과류를 즐겨 드시고, 이도 연세에 비해서 튼튼 그 자체거든요. 아몬드 정도는 문제도 되지 않아요. 이상한 건 그게 다예요."

신정선은 정말 아무것도 모르는 것 같았다.

"금고 번호는 어머님도 모르시나요?"

"아빠가 엄마한테 말씀도 않고 바꾸셨어요. 그리고 엄마가 알려주시면 그것도 반칙이죠. 아, 하나 더 있다!"

"뭡니까?"

"이게 단서가 될지는 모르겠는데, 얼굴이 달덩이 같은 손주 낳아서 사진을 금고에 넣어두고 싶다고 하셨어요. 전에는 그런 말씀 하신 적이 없는데 말이죠."

신정선의 말에, 오만은 고개를 갸우뚱했다.

"흐음, 아무래도 아버님이 그때 이미 두 분 사이를 눈치채시고 뭔가 일을 꾸민 것 같군요. 스트라스부르까지 가서 이걸 준비하신 이유도 그 때문일지도 모르겠습니다."

신정선이 말했다.

"그때 그 케이크를 사진으로 찍어놓았는데 드릴까요?"

"그래주시면 좋죠."

오만은 쿠겔호프에 관해 미리 검색해봤는데, 그 케이크는 인터넷에 있는 다른 사진들과 비교해봐도 특별한 게 없어 보였다. 신정선의 말대로 주름 때문에 나뉘게 된 칸 맨 위에는 아몬드가 한 개씩 놓여 있었고, 위에는 가루 설탕이 하얗게 뿌려져 있었다. 물론 만드는 사람에 따라 그 위에 크림이나 아이싱을 얹거나 크리스마스 화환을 올려서 장식하기도 한다.

신정선은 고개를 설레설레 저었다.

"아빠는 그 뒤로 아무 말씀도 없으세요. 그 쿠겔호프 틀로 뭘 어떻게 하라는 건지 모르겠어요. 그리고 아무 질문도 말라고 하셨고요. 우리 가게 안에 힌트가 있다고 하시기는 했는데, 여기저기 다 청소하듯 뒤졌지만 아무것도 찾지 못했어요. 그렇다고 어디 보물찾기 하는 것처럼 막 파고 다닐 수도 없고 해서요."

오만이 말했다.

"제가 한번 풀어볼 수 있도록, 제게 이걸 잠시 맡겨주시겠습니까?"

"좋습니다. 하지만 깨뜨리지는 마세요. 사장님이 절대로 깨지 말라고 하셨습니다. 그런다고 답을 알 수 없다고 하시면서요."

권 사장이 끼어들었다.

"그것보다도 여기서 이야기를 하는 건 그러니까, 출장을 또 가셔야겠네요."

"스트라스부르까지요? 비행기표값 주실 건가요?"

전 의뢰를 해결해낸 오만은 농담까지 할 정도의 여유를 보였다.

권 사장도 웃으며 말했다.

"그 가게에 한번 가보시라는 말이죠."

이번 일을 제대로 해결할 수 있을까 하는 생각이 들기도 했지만, 오만은 일단 가야 했다.

이정태가 말했다.

"좋습니다. 가시죠."

오만은 가는 동안 카페에 비치되어 있던 돋보기까지 들고 그 틀을 살펴보았으나 특별한 것을 찾을 수 없었다. 단지 틀 안에 뭔가 돌기 같은 것이 보였을 뿐이다.

"어제는 정선이가 그 금고 번호를 알아내기 위해 숫자판에 대고 가루를 뿌리기까지 했어요. 지문 채취용으로요."

신정선이 핀잔을 주었다.

"오빠 그런 이야기는 뭐 하러 해?"

하긴 비밀번호를 알아내기 위해 숫자판에 미세한 가루를 뿌려서 그 가루가 많이 달라붙은 숫자들만 조합해보기도 한다. 하지만 그 방법으로도 여덟 자리나 되는 금고 번호를 알아내기란 어려울 것이다.

"도착했습니다."

이정태가 주차하는 동안 오만은 먼저 내렸다. E퀸에서 베이커리 카페까지는 꽤 멀었다.

베이커리 카페가 오래된 건물인 건 보자마자 알 수 있었다. 2층짜리 단독주택을 개조하여 카페로 바꿔

놓은 것이었다. 하지만 젊은 사람들이 많이 오가는 곳이고 꽤 목도 좋아서, 이곳의 주인이 된다면 꽤 많은 수입을 올릴 수 있지 않을까 하는 생각이 들었다.

안에 들어가니 여느 베이커리 카페보다 특별한 것 같지는 않았다. 빵은 진열대에 놓여서 사람들이 집어갈 수 있고, 케이크나 샌드위치는 주문하면 냉장 진열대에서 점원이 꺼내주는 방식이었다. 그리고 사람들이 앉아서 차를 마실 수 있는 자리도 마련되어 있었다.

계산대를 지키고 있던 사람은 중년의 부인이었다. 아마 사장의 아내일 것 같다는 생각이 들었다.

오만은 진열대를 보았다. 일반적인 빵과 함께 때가 때인 만큼 슈톨렌, 파네토네 등이 진열되어 있기는 했지만 쿠겔호프는 찾아볼 수도 없었다.

다음 메뉴에 쿠겔호프를 올리라는 뜻이 있었을까 하는 생각도 들었지만 그렇다고 하기엔 우리나라에서도 쉽게 구할 수 있는 틀을 스트라스부르까지 가서 굳이 사 올 필요가 없었다.

'도자기 틀로 구워야 더 맛있거나 그런 건 아니겠지?'

계산대를 지키고 있던 부인이 뒤에 온 이정태에

게 말했다.

"정태 너, 오늘 쉬는 날 아니니?"

사장의 부인이 맞는 것 같았다.

"네, 그런데 아는 분이 여기서 뭘 좀 사고 싶다고 해서요."

오만은 가게를 자세히 훑어봤다. 역시 크리스마스 시즌인 만큼 트리도 있었다. 특이한 점은, 벽에 별별 사진과 설명글 등이 붙여져 있었다는 점이다. 그중 '한국에서의 크리스마스 역사'라는 말이 눈에 들어왔다. 1886년 이화학당에서 크리스마스트리를 처음 세웠고 이듬해에는 선교사들이 산타클로스 복장을 하고 선물이 든 양말을 배재학교 학생들에게 나눠 줬다는 설명이 있었다. 크리스마스 장식에 이런 설명까지 있다는 점은 특이했다.

오만은 나가려던 이정태를 붙잡고 슬쩍 엉뚱한 질문을 했다.

"저기요, 혹시 이 카페 크리스마스에 개점했나요? 크리스마스 관련된 이야기를 많이 적어놓았네요."

그러자 신정선이 대신 대답했다.

"아닌데요? 한여름에 했어요. 저 어렸을 때지만

그건 기억해요."

"저런 크리스마스 관련 설명은 매년 저렇게 벽에 붙이셨나요?"

"네. 우리나라에도 이제 크리스마스가 제대로 자리 잡은 명절 중 하나라고 그러셨어요."

오만은 카운터의 중년 부인과 그 옆에 있던 남자가 찍힌 사진을 가리키며 물었다.

"저건 어디 사진인가요?"

이정태가 대답했다.

"아, 그건 작년에 사장님이랑 사모님이 삿포로에 여행 가셨을 때 찍은 겁니다. 결혼 30주년이라서요. 그동안 가게는 제가 봤지요."

"크리스마스 마켓이네요. 일본에서는 그날이 공휴일도 아닌데."

사장 부부는 뱅쇼를 든 채 활짝 웃고 있었다. 크리스마스 마켓에서는 이 음료가 빠지면 안 된다. 그 옆에는 크리스마스 케이크도 팔고 있었다.

'단서가 이 카페 안에 있다고?'

"다 고르셨나요?"

"네, 가보겠습니다."

이정태가 말했다.

"사모님, 제 앞으로 달아두세요."

오만이 빵 몇 개를 들고 카페를 나서자 이정태가
물었다.

"태워다 드릴까요?"

"아뇨, 전철역이 가까운데요."

오만은 돌아서다가 문득 이정태를 불러 세웠다.

"아, 이정태 씨."

"네? 혹시 생각나셨나요?"

이정태는 기대하는 얼굴이었다. 곧 실망하기는
했지만.

"아뇨. 그 쿠겔호프 틀을 차에 두고 내려서요."

잠시 후, 오만은 누나의 집에 돌아와 있었다. 사
실 이 시간에 집에 있는 건 조금 불편했다.

"자네 왔나?"

"아, 네. 안녕하세요."

오만이 카페에 일자리를 얻었으니 조카를 봐줄
사람이 매형의 어머니, 오만의 사부인뿐이었다. 그 때문
에 오만은 집에 있기가 편치 않을 수밖에 없었다. 차라

리 자신의 어머니였다면 나왔을 텐데.

조카가 오만을 보고 달려왔다.

"꺄!"

"우리 서연이, 잘 놀았어?"

사부인이 물었다.

"일자리 얻었다면서 왜 집에 왔나?"

"일종의 출장입니다."

사부인은 조금 이상하다는 듯 물었다.

"무슨 출장을 집으로 오나?"

아들의 신혼집에 며느리의 남동생이 백수 신분으로 얹혀살고 있으니 좋게 보이지는 않을 것이다.

"외부 업무라고 할 수 있습니다."

오만은 자신이 하는 일을 설명하기 어려웠다. 사실 스스로도 이해가 가지 않았기 때문이다.

"그건 뭔가? 왕관처럼 생겼는데."

"케이크 틀입니다."

하긴 왕관처럼 생기기도 했다. 예수 그리스도도 왕이기도 하니, 크리스마스 기념 케이크로도 그 모양이 어울릴 것 같다.

"그래, 밀가루에 베이킹파우더. 워낙 오래된 케

이크라 그런지 별별 레시피가 다 있네."

스마트폰으로 검색만 하면 쿠겔호프 굽는 법 정도는 금방 알 수 있었다. 오만은 생각 끝에 자신이 직접 빵을 구워보기로 하고 시장에서 밀가루와 이스트까지 사 온 참이었다.

"오신 김에 이거 좀 드시고 가시겠어요?"

"뭔가?"

"쿠겔호프라고, 독일식 빵입니다."

"빵을 사 왔으면서 또 굽나?"

"업무상 구워야 합니다."

사실 오만은 빵 만들기가 처음이었지만 반죽을 틀에 채워 넣으니, 생각보다 쉽다는 생각이 들었다.

"틀 안에 아몬드를 하나씩 넣고……."

사부인이 물었다.

"그게 일인가?"

"그렇습니다."

"그런데 빵에 그 아몬드를 꼭 넣어야 하나?"

"아몬드 싫어하세요?"

"서연이도 먹여야 하는데, 아몬드 들어가면 애한테는 너무 딱딱하지. 줄 거면 다져서 주든가."

"아, 그렇군요……. 어, 잠깐만."

플럼 푸딩은 물론 슈톨렌이나 파네토네도 그렇지만, 원래 쿠겔호프에도 아몬드 외에 말린 과일 등을 잔뜩 넣는다. 크리스마스 기념용 빵은 대개 수도원에서 만들어 퍼졌으므로 모양은 조금씩 달라도 내용물은 비슷한 경우가 많기 때문이다.

'그러고 보니 그 사장이 자기 아내 이가 아플까 봐 걱정했다고 했지?'

"왜 그러나?"

"아, 아닙니다. 일 관련된 거라서요."

오만은 처음 계획을 중단하고 반죽에 아무것도 넣지 않았다.

"이제 발효시켜야 하니까 조금 기다리면 되겠네요."

오만은 방에 들어가서 잠시 낮잠을 자려고 했다. 30분쯤 지났을까, 사부인이 외치는 소리가 들렸다.

"이보게!"

"네?"

순간, 오만은 무슨 일인지 알 수 있었다.

"아니, 이거?"

"자네 빵 처음 구워보나? 이렇게 그릇에 꽉 차게 부으면 발효시켰을 때 반죽 부푸는 것도 모르나?"

"아이고."

이스트의 힘은 생각했던 것 이상이었다. 반죽이 랩을 거의 벗겨낼 정도로 넘치게 부풀어 올랐다. 사부인이 반죽을 덜어냈다.

"빵을 구울 때는 계량을 정확하게 해야 해. 그런데 이거, 쿠겔 뭐? 모차르트 쿠겔은 아는데, 이거 이름이 뭐라고?"

"쿠겔호프입니다. 독일 쪽에서 유명한 크리스마스 빵입니다."

약간의 소동이 있었지만 반죽을 덜어내고 나니 그래도 그럭저럭 구울 만은 하게 되었다.

빵 이야기를 듣고 조카가 달려왔다.

"꺄!"

조카가 빵을 좋아하기는 하지만, 빵을 만드는 중에 들어가는 설탕의 양을 알게 되자 먹이기가 꺼려졌다.

"서연아, 여기 가까이 오지 마라."

"네, 이제 어느 정도 시간이 지났으니까 오븐에 넣을 겁니다. 뜨거우니까 애 못 오게 해주세요."

"서연이, 할머니랑 저거 볼까?"

오만은 할 수 없이 덜어낸 반죽은 다른 그릇에 넣고, 쿠겔호프 틀에 반죽을 담아 오븐에 넣었다.

"휴, 빵 굽는 냄새야 뭐 언제 맡아도 좋네. 뜨거우니까 제가 그리로 가져가겠습니다. 사부인도 좀 드시죠."

오븐에 들어간 다음에는 기다리기만 하면 된다. 잠시 후 빵이 다 구워지자 오만은 틀을 뒤집어 그 안에 있던 쿠겔호프를 꺼냈다.

"그래도 모양은 꽤 괜찮은데?"

겉으로 보기에는 특별할 게 없어 보였다. 오만은 전기밥솥으로 케이크를 구우면 밥솥 안에 새겨진 계량 숫자가 케이크에 찍히듯, 혹시 그 틀 안에 단서가 빵에 찍혀 나오지 않을까 하는 생각이 들어 자신이 직접 틀을 써본 것이다.

사부인이 커피를 내려놓으며 물었다.

"무슨 생각 하나?"

"일 생각합니다. 그런데 왜 아이스커핀가요? 추운데."

"서연이 때문에 그래. 잘못해서 얘가 엎거나 건

드리면 어떡해?"

하긴, 뜨거운 커피를 아기가 건드리기라도 하면 위험할 테니 추운 날이라도 차갑게 먹을 수밖에 없다.

사부인이 말했다.

"근데 빵 위에 이거 무슨 글자 같은데?"

순간, 오만은 멈칫했다.

"정말 글자가 있네요. 어, 이건?"

오만은 서둘러 그 위를 사진으로 찍었다. 틀 내부를 만졌을 때 판판하지 않고 뭔가 돌기가 있기는 했는데 빵을 구우니 그 위에 정말 모양이 나타날 줄이야.

"이런, 일부러 이렇게 되도록 주문 제작한 건가?"

오만은 단서에 한 걸음 다가갔다는 생각이 들었다.

"흐음."

"무슨 생각 하나?"

"죄송하지만 이 빵은 가져가야 하니까 대신 이걸로 드세요."

오만은 쿠겔호프 옆에 있던, 아까 덜어낸 반죽으로 만든 빵을 건넸다. 실수를 한 게 오히려 다행이었다. 그 덕에 그래도 사부인에게 줄 수 있는 게 생겼으니까.

"그게 뭔가?"

"일 때문에 쓸 일이 있어서 그럽니다. 나중에 뵐게요."

"다녀오게. 서연이, 아 해!"

오만이 직접 구운 빵을 들고 E퀸으로 돌아가자, 권 사장과 지희는 눈을 휘둥그레 뜨고 그를 보았다.

"제가 만들어봤는데, 어떻습니까?"

권 사장이 물었다.

"그 틀 갖고 직접 만들어본 거예요?"

"네. 그래야 할 것 같아서요. 이거 아무래도 카페 사장이 도공에게 맞춤 제작을 주문한 것 같아요. 아니면 미리 인터넷으로 주문했거나."

"하긴 스트라스부르에서 사 왔다고 했지, 기성품이라고 하지는 않았네요. 그런데 어떻게 아셨어요?"

권 사장의 질문에 오만은 자신이 구워 온 쿠겔호프를 내밀어 보았다. 그러자 권 사장의 눈이 더 커졌다. 빵에 새겨진 글자는 다름 아닌, 'ㅇㅇㅁㄱㄴㅇㄱㄱ'이었다. 스트라스부르에서 한글을 틀 속에 새겨서 팔 리가 없다.

그 쿠겔호프 틀에는 모두 아홉 개의 주름이 있으

니 여덟 개의 칸이 있는 셈이다. 글자는 작아서 눈에 쉽게 띄지 않았지만 분명 여덟 개였다.

지희가 말했다.

"이게 설마, 그 금고 번호일까요?"

"금고 번호? 번호가 문자일 리가 없잖아."

오만의 대답에 지희는 고개를 저으며 글자 순서를 손가락으로 하나하나 세어보더니 말했다.

"흔히들 A는 1, B는 2, 이런 순서대로 하잖아요? 한글로 하면 ㄱ은 1, ㄴ은 2, ㅇ은 가나다라…… 8, 그렇게 보면 88612811이네요?"

권 사장이 말했다.

"그런데 이러면, 숫자 순서는 모르는 거잖아."

하긴 그랬다. 그 주름에 순서가 있을 리가 없었다. 특별히 어느 칸이 더 크거나 하지도 않았다.

지희가 말했다.

"그래도 잘됐네요! 단서를 알게 되었으니까요. 88612811, 18861281, 이런 식으로 몇 번씩 조합하면 번호를 알 수 있지 않을까요?"

그러자 오만은 손을 내저었다.

"아니, 사장 앞에서 그런 방법으로 몇 번씩 시도

하면 그리 좋게 보지 않을 거야. 그리고 금고 비밀번호를 여러 번 틀리면 나중에는 누를 수도 없게 돼. 제가 보기엔 그 사장이 한 말에 힌트가 있어요. 원래 이 주름 때문에 칸이 하나씩 만들어졌죠? 끝에다 아몬드를 한 개씩 놓아서 자연스럽게 빵 위에 올라가도록 했다고 했는데, 아몬드를 올리지 않으니까 글자가 찍힌 거죠."

지희가 말했다.

"그렇다면 사장이 그 부인에게 말한, 이가 아픈데 아몬드를 올려서 미안하다고 했다는 건 아몬드를 올리지 말고 구워보라는 뜻이었을 수도 있네요?"

"그렇다고 봐야겠지?"

"아니, 그게 뭡니까?"

뒤에서 다른 목소리가 들렸다. 이 카페의 대표 단골 중 한 명인, 소설가 김북현이었다. 그는 덩치 때문에 금방 눈에 띄었다.

"안녕하세요. 아메리카노 한 잔 주시고……. 그거 쿠겔호프네요?"

"네."

"빵틀은 대개 금속인데, 이건 도자기네요? 어디서 구하셨습니까?"

권 사장이 칼을 들며 말했다.

"스트라스부르요. 오신 김에 좀 드실래요?"

"아, 고맙습니다. 누가 스트라스부르 다녀오셨나요?"

어차피 빵을 만들었으니 그냥 둘 수도 없었다. 그러고 보니 오만 자신도 먹어보지 않았다. 그런데 빵을 먹은 지희와 사장을 보니 표정이 별로 좋지 않았다. 오만은 자신도 한번 뜯어서 먹어보았다.

"음."

확실히 초보자 티가 확 났다. 무엇보다도 부드러운 식감이 확실히 덜했다. 조카에게도 먹여줄까 하는 생각에 설탕의 양을 인터넷에서 본 것보다 훨씬 줄였기 때문이다.

한편 김북현은 맛에 불만이 없는지, 다른 질문을 했다.

"그런데 웬일로 쿠겔호프를 다 만드셨죠?"

"일 때문에요. 작가님은 이거 드셔보셨어요? 아니면 스트라스부르에 가보셨나요?"

"거긴 가지 않았지만 오스트리아 갔을 때 먹어봤습니다. 거기서는 마트에서도 흔하게 팔거든요. 뭐, 실제로는 초코 맛, 레몬 맛처럼 여러 맛이 있고 토핑이나 크림을 얼마나 넣느냐에 따라 다 다르지만 기본적인 건 그냥 스펀지케이크입니다. 마트에서 파는 건 크림도 뭣도 없어요."

"그래요? 빵이 아니고요?"

"원래 이스트를 넣으면 빵, 안 넣으면 과자죠. 쿠겔호프는 만드는 방식에 따라 빵도 되고 케이크도 됩니다. 제가 오스트리아 가서 먹은 건 아까 말씀드렸듯 그냥 스펀지케이크 비슷한 거였지만요. 하지만 호프는 반죽 발효시키는 효모로 맥주를 쓴 데서 유래했다고도 하니까, 원래는 빵이었겠죠."

지희가 물었다.

"호프가 그런 뜻이었어요? 그럼 쿠겔은 뭔가요?"

김북현이 말했다.

"쿠겔은 독일어로 공이란 뜻이고, 구겔은 중세 독일 사람들이 썼던 모자 이름입니다. 그 빵도 그 모자처럼 생겨서 구겔호프라고 불렸는데 나중에 발음이 쿠겔이 되었다, 그런 설도 있습니다. 하지만 그게 워낙 오래된 과자라서 여러 가지 설이 더 있습니다."

오만은 권 사장이 왜 이 사람에게 이 이벤트를 맡

기지 않았을까 하는 생각이 들었다. 김북현은 어떤 질문을 받아도 검색 한번 않고 금방 대답했다.

지희가 끼어들었다.

"다른 설이라면…… 오스트리아에서 만들었다는 거요? 마리 앙투아네트가 프랑스에 전했다는?"

"그렇습니다."

"정말 잘 아시네요."

"직업상……. 그리고 음식이야말로 그 지역; 그 사람 등의 문화를 이해하는 데 가장 좋은 것 중 하나니까요. 또 요즘 쓰는 글이랑 관련이 좀 있어서 그렇습니다."

오만이 물었다.

"케이크 관련 글인가요?"

"아닙니다. 문화의 '형식'과 관련된 일입니다."

"형식이요?"

"전에 우리나라 강릉 단오제가 유네스코 세계무형문화재로 지정되었을 때, 중국 사람들이 크게 반발했던 적 있죠? 단오는 중국에서 나온 건데 한국에서 단오문화제를 냈다고. 그리고 그다음에도 이런저런 거 갖고 한국이 자기네들 문화를 도둑질해 간다고 하고 있잖아요."

다음 순간 김북현의 얼굴이 굳어졌다.

"하지만 그걸 갖고 중국인들이 자기 문화 빼앗겼다고 화를 낼 일은 아니라고 쓰려는 겁니다. 문화의 가장 중요한 점 중 하나는 그 형식이라는 거죠."

"네?"

"우리나라 4대 명절인 설, 한식, 단오, 추석은 모두 중국에서 유래했습니다. 그건 부정할 수 없죠. 당시에는 중국 문화가 국제 문화였으니까요. 하지만 그것을 기념하는 형식은 우리나라에서 독자적으로 만들어냈으니까, 한국의 단오제도 충분히 유네스코에 올라갈 수 있지요. 문화는 영향을 주고받으며 발달하는 거니까요."

"그렇죠."

김북현의 말에 오만은 물론, 권 사장과 지희도 동감을 표했다.

"케이크 이야기가 나왔는데 크리스마스는 기독교 국가에는 모두 명절이죠. 하지만 같은 날 프랑스에서는 통나무처럼 생긴 부쉬 드 노엘 먹고, 이탈리아에서는 원통처럼 생긴 파네토네 먹고, 독일에서는 요람 모양이고 하얗게 설탕 가루 뿌린 슈톨렌을 먹죠. 그것들이 만들어진 경위가 다 다르듯, 크리스마스를 기념하는 형식은 나라마다 다르죠. 원래 문화란 건 그 의미는 잊히고 형식만 남는 거니까요."

지희가 말했다.

"우리나라는 크리스마스에 케이크를 먹잖아요."

"그건 일본에서 비롯된 겁니다. 1922년에 일본 양과자 업체인 후지야가 '크리스마스에 케이크를 먹자'라는 캐치프레이즈와 함께 크림으로 장식한 케이크를 발매했죠. 그 당시에는 케이크가 매우 비싼 것이었지만 그만큼 특별한 날에 먹자는, 고급화로 승부한 거죠. 설탕과자로 산타클로스를 만들어 장식하기도 했지요. 그게 오늘날까지 내려왔고요."

"잠깐만요."

오만은 그 말을 듣자 한 가지 떠오르는 게 있었다. 의뢰인이 근무하던 베이커리 카페에 갔을 때 벽에 붙어 있던, 한국의 첫 크리스마스 이야기가 떠올랐다.

"그 카페 안에 이미 힌트가 있었다고 했지? 그게 무슨 뜻인지 알 것 같다."

오만이 씩 웃자 지희가 그를 쳐다보았다.

"무슨 뜻인데요?"

"이 숫자의 순서 말이야. 우리나라에서 공식적으

로 처음 크리스마스를 기념한 해는 1886년이거든."

"1886이요? 아, 이거요?"

지희도 손뼉을 짝 쳤다.

"1886년 12월 24일. 이화학당에 처음으로 크리스마스트리라는 것이 만들어졌고 이듬해에 아펜젤러 선교사는 선물을 담은 양말을 배재학당 학생들에게 나눠 줬다고 해. 그렇다면 이 숫자는 1886년을 말하는 거네."

권 사장이 물었다.

"1886은 알겠는데, 그다음 숫자는 1281이잖아요? 거기에 무슨 뜻이 있을까요?"

"하긴 그렇군요. 크리스마스를 나타낸 거라면 1225일 텐데……."

오만은 잠시 생각해보다가 곧 빙긋 웃었다.

"그렇지, 그 사장이 달덩이 같은 손주를 보고 싶다고 했지?"

오만은 스마트폰을 들고 검색을 시작했다.

이정태는 사장이 보는 앞에서, 오만이 알려준 대로 금고 번호를 입력했고 마침내 금고를 여는 데 성공했다. 문제는 그다음이었다. 베이커리의 사장이 오히려 화를 냈다니, 그 이유를 알 수 없었다.

이정태는 사장이 그런 반응을 보인 이유를 알지 못해 다시 이 카페로 찾아온 것이다.

오만은 잠시 생각한 뒤 대답했다.

"제가 생각하기에 사장님은 이정태 씨에게 한국 특유의 크리스마스 케이크를 만들어보라는 과제를 내린 것 같습니다. 어쩌면 그게 더 큰 과제일지도 모릅니다."

"네?"

"한국 크리스마스 시즌에 케이크는 물론 슈톨렌, 파네토네 등을 구하는 건 전혀 어렵지 않습니다. 쿠겔호프와 마찬가지로 슈톨렌은 14세기, 파네토네는 17세기 정도에 만들어져 지금까지 이어지고 있고 부쉬 드 노엘은 19세기 이후에 나왔지만 프랑스에서는 크리스마스 케이크로 자리를 잡았죠."

"그런데요?"

"1886년 이후 한국에도 크리스마스가 명절로 제법 자리를 잡은 만큼 사장님은 한국 크리스마스에 먹는 것으로 서양 흉내만 내지 말자는 의도가 있지 않았을까요? 케이크 먹는 풍습은 일본에서 비롯된 거니까요."

이정태는 고개를 저었다.

"하지만 한국은 기독교 국가도 아니고, 저도 종교인이 아닌데 굳이 크리스마스에 그렇게까지 해야 할까요?"

"종교인이 아닌 게 문제가 아니죠. 우리나라보다도 훨씬 기독교인 수가 적고, 크리스마스가 공휴일도 아닌 일본에서도 크리스마스 마켓까지 열고 삿포로 눈 축제 기간에도 그런 행사 하는 데가 얼마나 많은데요. 그 사진처럼 말입니다. 뭐, 사실 장삿속이긴 해도 그러면서 문화가 새로 창조되는 거 아닙니까. 쿠겔호프는 이스트를 쓰느냐 마느냐에 따라 과자도 되고 빵도 될 수 있는 겁니다. 그러니 자유롭게 생각해서 한국형 크리스마스 케이크를 만들라는 뜻이겠죠. 안됐지만 제가 그것까지는 도와드릴 수 없을 것 같습니다."

이정태는 그 말을 듣고 잠시 생각하더니 금방 일어났다.

"고맙습니다. 사장님도 늘 그러셨죠. 제빵 제과도 인류의 중요한 문화 중 하나라고요."

다음 날, 지희가 문득 말을 꺼냈다.
"이정태 씨가 오늘 또 올까요?"

오만은 무심한 듯 대답했다.

"뭐, 올지 안 올지 모르지. 잘되면 좋겠지만."

그러자 지희는 조금 분한 듯 말했다.

"그나저나 1886년의 12월 25일을 음력으로 계산할 줄이야. 그 동그라미가 이응이 아니고 숫자 0이었을 줄은 몰랐어요. 달덩이가 음력이란 뜻인 거잖아요. 18861201, 그게 답이었다니……."

오만은 스마트폰 검색으로 음력 변환을 하는 사이트를 발견했고 그곳에서 답을 찾아냈다.

권 사장이 지희에게 물었다.

"그게 분하니?"

"쳇, 그 글자 순서를 숫자로 변환하는 것까지는 제가 추리해낸 거잖아요? 그런데 아저씨가 거기에 보탠 거죠."

지희는 아무래도 오만을 상대로 추리력을 한번 겨뤄보고 싶었던 모양이다.

"검색해보니까 우리나라에서 양력을 외교 문서에 쓰기 시작한 건 1888년이고 공식으로 1896년부터 정식으로 양력 달력을 쓰기 시작했으니까. 그 전에는 음력으로 계산했어야지. 그 사장이라는 사람이 마지막에

함정을 판 셈이네. 꽤 짓궂어. 하긴 일반 수수께끼는 재미없는 경우가 많잖아."

권 사장은 조금 미심쩍다는 얼굴로 말했다.

"그런데 백오만 씨의 짐작이 맞을까요?"

"짐작일 뿐이지만 김북현 작가님이 문화는 원래 의미는 잃고 형식만 남는 거라고 했잖아요. 그러니 그 베이커리 사장은 형식이라도 남겨보자고 생각한 것 같습니다."

지희가 물었다.

"정말 그럴까요?"

"케이크나 빵은 그 모양새가 중요한 만큼, 파티시에라면 다른 분야 요리 종사자보다 창의성이 더 많이 요구되지. 그리고 그 사장이 크리스마스 문화에 관심이 있는 것 같기도 해서 그래. 그리고 솔직히 한국형 크리스마스 빵이 나와도 나름 괜찮을 것 같지 않아?"

오만은 처음 이정태의 의뢰를 보고 자신보다 훨씬 나은 상황에, 예쁜 여자 친구까지 있는 사람을 도와줘야 한다는 점이 어이가 없었지만 결국은 그도 어려움이 있었다는 점을 알 수 있었다. 사람은 누구나 도움이 필요한 법이다.

그때 카페 문이 열렸다.

"안녕하세요!"

이정태였다. 전날과는 완전히 대조적인 표정과 그의 손에 들린 파네토네, 부쉬 드 노엘, 슈톨렌 등을 보니 그 결과를 알 수 있었다.

크리스마스에는 트리를

12월 1일 아침, 어느 저택에서 가정부 황지현이
갑자기 권 회장의 방으로 달려왔다.

"회장님!"

권 회장이 말했다

"무슨 일인가?".

"크리스마스트리에, 그 보석이 없어졌어요!"

"보석이? 괜찮아, 그건 가짜 아닌가……. 응?"

순간, 권 회장은 자리에서 벌떡 뛰어오르듯 일
어나고 말았다. 없어진 보석이 가짜라고 해도 이는 있
어서는 안 될 일이었다. 그 집은 담장은 물론 주변에도

CCTV가 여러 대 있고 문도 잘 잠겨 있었다. 따라서 뭔가 물건이 없어졌다는 사실 자체가 큰 문제였다.

크리스마스트리에 보석을 매다는 것은 이 집의 전통 중 하나였다. 그래서 트리 주변에도 방범 센서를 설치해놓았다. 누구든 그 금줄 안에 들어가기만 해도 당장 센서가 소방차 사이렌만큼이나 크게 소리를 낼 것이고 소리가 나면 곧장 경비업체와 경찰이 출동한다. 그런데 전날 밤은 어느 캐럴 가사처럼 '고요한 밤'이었다.

권 회장은 당장 트리 앞으로 달려갔다. 운전기사 김태민이 그 자리에 서 있었다.

"회장님, 제가 아침 일찍 출근해서 거실에 왔는데 늘 걸어두셨던 그 보석이 없었습니다. 그래서 혹시나 해서 이거, 금줄 안에 손을 뻗었는데 경보가 울리지 않았어요."

"아니, 어떻게 된 거야?"

권 회장은 우선 다시 침실로 달려가 서둘러 금고를 열고 그 안의 진짜 보석을 확인해봤다.

"휴, 다행이구나. 이건 무사해."

회장 부인도 가슴을 쓸어내리며 말했다.

"트리에 단 게 가짜라는 걸 도둑이 몰랐던 모양

이네."

"그런데 좀 이상한데. 왜 방범 센서가 전혀 울리지 않았지?"

집사 윤성철이 소리쳤다.

"회장님, 여기 좀 보십시오!"

윤성철의 손에는 휴지 한 장이 들려 있었다.

"아니, 왜?"

"센서가 울리지 않은 게 이상해서 살펴봤는데, 누가 이 안에다 휴지를 넣어뒀습니다."

물론 낮에는 센서를 꺼놓는다. 그러므로 그때 슬쩍 그것을 분해하여 휴지를 끼워놓으면 센서가 그대로 눈뜬장님이 된다.

"센서는 분명히 켜져 있었거든요."

"맙소사."

김 기사가 말했다.

"회장님, 이건 계획적인 범죄가 분명합니다. 그 다이아몬드가 정말 진짠지 확인해보세요."

그로부터 며칠이 지난 후였다. 오만은 이정태의 의뢰를 잘 해결했고 그 덕에 북카페 안에서는 때아닌 케이크 파티를 하게 되었다.

오만이 말했다.

"그럼 이제 한 가지 의뢰만 남았네요. 뭔지 지금 알려주실 수 있나요?"

"네. 하지만 세 번째 의뢰는 좀 어려울 거예요."

"그동안의 의뢰도 쉽지는 않았는데. 의뢰인이 누군데요?"

권 사장은 오만을 보며 말했다.

"저예요."

"네?"

"사실 저 대하그룹의 막내딸이에요."

전혀 예상하지 못했다. 우리나라에서 10위까지는 아니더라도 20위 안에는 드는 대기업 중 하나인 대하그룹의 일가 중 한 명이었다니, 부티가 좀 난다고 생각했지만 그 정도일 줄은 몰랐다.

"어렸을 적부터 매일같이 경영 공부하느라 바빴어요. 미국에서 MBA 수업도 받았고요. 하지만 저는 어렸을 적부터 북카페를 운영해보고 싶었어요."

지희가 물었다.

"계열사 중에 커피 전문점도 있지 않나요?"

"그냥 카페 말고 북카페를 한번 해보고 싶었어. 그래서 1년 정도 안식년인 셈 치고 여기서 카페를 하고 있었던 거고. 이번 이벤트 역시 사실은 유종의 미를 거두고 싶어서 한 거야."

권 사장의 말에, 오만은 황당함을 감출 수 없었다. 원래 자신과는 다른 세계에서 사는 사람이구나 하는 생각은 했지만, 놀이 삼아 카페를 운영하다니. 사실 카페 운영도 절대로 쉬운 일이 아닌데.

권 사장은 씩 웃으며 말했다.

"어쨌든, 좀 길어지겠지만 설명드릴게요. 언제 호주에 큰 홍수가 난 적이 있는데 마침 호주에 사업차 가 계셨던 저희 할아버지가 물에 떠내려가는 사람을 구해준 적이 있어요. 할아버지가 수영을 정말 잘하셨거든요."

"그래요?"

"그런데 그 사람이 현지에서 손에 꼽히는 광산업자였어요. 그래서 그분이 보답으로 자기 광산에서 나온 분홍색 다이아몬드 한 개를 할아버지한테 줬어요. 그 집 식구들이 다 반대했다고 했지만요. 그때가 마침 크리스마스 마켓 때라서, 다이아몬드의 이름을 '크리스마스로즈'라고 지었어요. 아시죠? 호주는 북반구랑 계절이 반대라서 12월에 장마가 있다고요."

지희가 물었다.

"크리스마스로즈? 그거 실제로 있는 꽃 아닌가
요?"

"그래, 특이하게도 12월에 피기 시작해서 두 달
이나 꽃을 피우기 때문에 그런 이름이 붙었어. 관상용으
로 꽤 인기가 있는 꽃이야."

그 꽃은 겨울에 핀다는 특징 때문에 예수 그리스
도에게 바치기 위해 눈 속에서 피웠다는 둥 여러 설이
알려져 있기도 하다. 여러 종류가 있으나 대개 분홍색
아니면 흰색이다. 오만은 분홍색 다이아몬드에 어울리
는 이름이라는 생각이 들었다.

그러다 전에 매형에게서 들은 보석 도난 사건 이
야기가 떠올랐다. 그게 권 사장 집안 이야기였다니. 꽤
사연이 있는 보석인 것은 분명했다.

"근데 그 보석이 왜요?"

"우리 집에서는 그 일을 기념하기 위해 크리스마
스 한 달 전에 트리에다 그 보석을 걸어놓고 점등식을
해요. 물론 진품은 첫날밤이랑 크리스마스이브에만 걸
어놓고, 다른 때에는 가짜를 걸어놓죠."

별 재미있는 가풍이 다 있다는 생각이 들었다.

"그런데 그 점등식을 한 날 밤, 보석이 없어지고 말았어요."

"아, 그래서 크리스마스 관련 이벤트를 기획한 것도 그거 해결할 사람을 찾으려고 하신 건가요?"

"그건 아니에요. 그건 전부터 계획했던 건데, 이벤트를 하고 보니까 백오만 씨가 생각보다 이런 데 능한 것 같아서 이번 일도 한번 맡겨보고 싶었어요."

권 사장은 스스로가 세 번째 의뢰인이 된 셈이다.

지희가 물었다.

"경찰에 알리지 않으셨나요?"

"나는 알리자고 했는데, 집안 망신이라고 알리지 말자 하시더라."

물론 이해할 수 없는 건 아니었다. 재벌 회장 아버지의 무덤을 파헤치고 시신을 훔친 뒤 돌려주는 대가로 거액을 요구하는 범죄도 가끔 발생하지만 경찰에 신고하지 않는 경우가 많다. 피해자의 집에서는 목숨이 걸린 일이 아니니 그런 일로 언론에 오르내리기를 꺼리기 때문이다. 이들도 그랬을 것이다.

오만은 문득 유실물을 찾아주면 그 물건 가치의

10퍼센트까지 받을 권리가 있다는 말이 떠올랐다. 분홍색 다이아몬드라면…….

"제 의뢰, 받으실 건가요?"

권 사장의 말에, 오만은 쉽게 대답할 수 없었다. 사실 지금까지 모든 의뢰를 해결했으니 여기서 그만둬도 될 것 같았지만, 권 사장의 말대로 해야 제대로 취업할 수 있을 것 같았다.

오만은 우선 자세한 설명을 부탁했다.

"그날 무슨 일이 있었습니까?"

"그 전에, 다른 데 가서 말씀하시면 안 되는 거 아시죠? 규칙 중 하나가 절대 의뢰 내용을 다른 사람에게 밝히지 않는 거니까요."

크리스마스 점등식이 있던 날이었다. 권 사장은 그날 집에 일찍 돌아갔다.

그날 모인 가족은 권 사장의 아버지와 어머니, 작은아버지 부부, 오빠 그리고 사촌 오빠까지 모두 일곱 명이었다. 권 사장의 할머니는 외국 의료기관에서 수술을 받은 후 크리스마스 전후에 귀국할 예정이었다.

그날도 크리스마스트리는 만들어졌다. 재벌 집

이라고 해도 장식물은 다른 트리와 크게 다를 바가 없었다. 붉은색의 구슬을 비롯하여 전구, 캔디 케인, 눈을 표현한 솜, 리본 그리고 선물 상자와 썰매를 달고 예수 그리스도의 탄생을 의미하는 가장 큰 별까지 올렸다. 그러고 나면 이 트리에서 가장 중요한 것이 남아 있었다.

"이건 여기 올리자. 늘 그랬던 것처럼."

권 사장의 아버지, 즉 현재 대하그룹을 이끌고 있는 권 회장이 3미터 정도 크기의 트리 앞에 놓인 발판에 올라섰다. 이것이 그 집의 전통으로, 트리 맨 위의 별 바로 밑에 바구니를 매달고 그 안에 크리스마스로즈를 넣는다. 트리의 별과 그 보석만은 늘 회장이 직접 달았다.

크리스마스로즈를 얻게 된 후, 권 회장의 사업은 날로 번창했으며 한국에서도 꽤 알려진 기업이 되었다. 큰 보석에는 저주가 따른다는 말이 있는데 반대로 행운이 찾아온 모양이다. 자연스레 그 보석은 가보가 되었다. 창업주인 1대 회장이 죽고 그의 장남이 2대 회장이 된 지금도 그 행사는 계속되었다.

"다들 알겠지만 예수 그리스도에게 선물할 게 없어서 눈물을 흘린 한 소녀가 그 자리에 꽃이 피어서 그것을 선물했고 그게 크리스마스로즈라는 꽃이다. 이 다이아몬드의 이름도 그렇고."

"흠!"

그날 모임에 참석한 사람이 한 명 더 있었다. 다른 기업의 회장인 박준호라는 이였다. 그가 굳이 남의 가족 모임에 참석한 이유는 하나뿐이었다.

"솔직히, 아직도 사고 싶긴 합니다."

박 회장은 크리스마스로즈에서 눈을 떼지 못했다. 확실히 보석의 광채는 사람의 마음을 사로잡을 만했다. 분홍색 다이아몬드는 전 세계에서 오로지 호주에서만 나오는데, 이건 크기 또한 보기 드물게 컸으니 더욱 그랬다.

"2백억에도 안 되겠습니까?"

"회장님은 가보를 파시나요?"

권 회장은 점잖게 거절했지만 박 회장은 그 보석을 보기만 하겠다, 자신의 갤러리에서 전시라도 할 수 있게 해달라고 몇 번이나 요청하기도 했다.

권 사장은 크리스마스마다 했던 이 행사가 익숙했다. 가족 모임이라서 그리 큰 규모는 아니었지만 파티가 곧 시작되었다. 크리스마스이브도 아니고 점등식일 뿐이었으니, 몇 가지 요리와 와인만 나왔다. 물론 캐비아, 송로버섯 등이 곁들여졌으니 일반인으로서는 상상하기 어려운 가격이었지만.

박 회장이 말했다.

"연말 잘 보내시고, 새해에는 기업이 더욱 번창하길 바랍니다."

밤늦도록 잔치를 한 뒤에 권 회장은 직접 그 바구니에서 다이아몬드를 꺼내고 대신 가짜를 넣어두었다. 진짜 다이아몬드를 트리에 계속 걸어두면 위험할 수 있기 때문이다.

그날 권 회장은 방에 있는 금고에 진짜 크리스마스로즈를 넣어두고는 잠들었다.

"그래서, 다음날 금고에서 보석 꺼내서 봤더니 그게 가짜였다고요?"

지희가 묻자 권 사장은 고개를 끄덕여 답을 대신했다. 가짜 다이아몬드는 흔히 그렇듯 큐빅 지르코니아로 만든 것이었다. 진짜와 가짜 다이아몬드를 구분하는 가장 쉬운 방법은 백지에 펜으로 선을 그은 후 그 위에 다이아몬드를 올려놓고 보석을 통해서 봤을 때 선이 보이면 가짜, 아니면 진짜다. 혹시나 해서 보석 전문가를 불러 확인해봤지만 역시 가짜였다.

"세상에, 이거 정말 추리소설이 따로 없네요? 그게 가능할까요?"

"그러게."

권 사장은 한숨을 푹 쉬고는 오만 쪽으로 고개를 돌렸다.

"누가 범인일까요?"

그날 집에 있던 사람은 권 사장의 가족 일곱 명과 집사인 윤성철, 운전기사 김태민과 가정부 황지현이라고 했다. 앞의 두 사람은 10년 이상 근무했고, 황지현은 근무한 지 1년이 채 되지 않았다. 그리고 박준호 회장까지 있었다.

권 사장이 말했다.

"김 기사가 집 안을 다 뒤졌는데, 어디에서도 찾을 수가 없었어요."

"그 운전기사가 범인일 수도 있지 않아요?"

"다른 사람은 다 집에 있었고 그 사람만 출퇴근하니까, 그 사람은 아니지."

집 안에 도둑이 든다면 그것만으로 고용인들은 의심의 대상이 될 뿐만 아니라 당장 해고까지 당할 수 있었다.

"그래. 하지만 그 사람도 센서를 막을 기회는 있었어. 점등식 하던 날, 가정부 아줌마가 운전기사 아저씨보고 센서 좀 봐달라고 했거든."

물론 운전기사가 아니라 다른 사람이라도 슬쩍 센서를 건드리거나 할 수는 있었다.

오만이 물었다.

"파티 때문에 진짜 보석과 가짜 보석을 모두 꺼내야 했다……. 그럼 가짜 보석은 평소 어디에 보관합니까?"

"그건 다른 금고에 보관해요. 그래서 혹시 진짜와 가짜를 바꿔 넣었나 하고 다른 금고도 봤는데 거기에 있던 건 없어졌어요."

"거참, 그런데 경찰을 부르시지 않다니……."

오만은 이를 어떻게 해야 할지 알 수 없었다.

"그것 때문에 탐정도 고용했는데 어떻게 될지 모르겠어요. 아마 집안 고용인들은 다 미행하고 있을 거예요."

범인은 우선 센서를 막아 경보가 울리지 못하게 한 뒤 점등식 때 진짜와 가짜 보석을 바꿔치기했고, 밤에 집에 몰래 숨어 들어가서 트리에 달린 진짜 보석을 훔쳤다. 이렇게 생각할 수 있지만 집 근처 CCTV를 아무리 살펴봐도 그날 들어온 사람은 없었다.

"그 다이아몬드 크기가 어느 정도나 되나요?"

"이 정도요."

권 사장은 손가락을 펴 보였다. 손가락 한 마디 정도의 크기라면 정말 대단한 가치가 있었다.

"그렇게 큰 보석을 쉽게 팔 수 없을 테니 한다면 여러 조각으로 잘라서 팔 겁니다."

권 사장이 조금 놀라며 말했다.

"그랬다가는 가치가 크게 떨어질 텐데요?"

"잡히는 것보다는 낫죠. 아니면 보석에 미친 수집가가 그걸 훔치려고 했을 수도 있습니다. 그 사람이 사주해서 보석을 훔쳐 오라고 한 거죠. 어쩌면 그게 댁의 고용인 중 한 명일 수도 있고요."

지희가 물었다.

"그 정도 크기의 보석을 자를 수 있어요?"

"다이아몬드가 얼마나 작은데. 보석 세공사들 솜씨 보면 놀라지 않을 수 없어."

"그렇군요. 그럼 사장님이 의심 가는 사람이 있나

요?"

"응, 어떻게 알았는지 외국의 어느 부자가 그걸 사겠다고 한 적이 있는데 할아버지는 다 거절하셨대."

"세 번째 가능성은, 유괴범이 아이를 납치한 다음에 돈을 요구하듯 보석을 돌려줄 테니까 돈을 내놓으라고 하는 거죠. 그 큰 보석을 몰래 처분하기는 어려울 테니까 그편이 더 편하죠."

'이런 일이 나면 재벌 가문에서는 외부에다 알리기 창피해서라도 돈 주고 끝내려고 하겠죠'라는 말은 일부러 하지 않았다. 이미 권 사장이 말한 것이나 마찬가지였으니까.

"그런데 아직 그런 연락이 없으니까 미치겠어요."

오만이 말했다.

"좀 잠잠해질 때까지 기다리려는 것일 수도 있습니다."

"잠잠해지다니요?"

"20세기 초에 〈모나리자〉가 도난당한 적이 있는데, 그 범인은 세간의 관심이 잠잠해질 때까지 기다리기 위해 그걸 자기 집에 3년 동안이나 보관해뒀어요."

"그래요. 그런데 솔직히 그러기는 힘들지 않을까

요?"

"왜죠?"

"고용인분들은 다 우리 집에서 오래 근무했고 경제적으로 어려운 일도 없는데 굳이 그랬겠어요? 아무리 많은 돈을 준다고 해도 말이죠. 다이아몬드야 조그마니까 어디에든 보관할 수는 있겠지만요."

권 사장은 한숨을 푹 쉬었다. 자기 집 고용인들을 의심하기도 싫었을 것이다. 더욱이 그런 집에서 일하는 사람들의 신원 파악 등을 미리 하지 않았을 리도 없다.

"다른 가능성은 없나요?"

"마지막 가능성은, 에도가와 란포가 쓴 소설에 나오는 괴도인 '괴인 20면상'처럼, 자신이 워낙 보석 마니아라서 그냥 자기가 가지고 감상하려고 그랬을 수도 있습니다. 물론 이건 확률이 가장 낮긴 합니다. 요즘 세상에 자기가 보고 싶어서 보석을 훔치는 사람은 적으니까요."

오만의 말에, 권 사장은 고개를 저었다. 실마리가 잡히지 않아 어려웠다.

"사실 그 보석이 없어진다고 해서 우리 집에 그리 치명적인 타격을 주지는 않아요. 하지만 우리 할머니

때문에 그걸 꼭 찾아야 해요."

"할머니요?"

그 보석의 가치는 약 백억 원 정도라고 했는데 그게 별 타격이 아니라니, 오만으로서는 별나라 이야기나 마찬가지였다.

권 사장이 말을 이었다.

"할머니가 이번에 외국에서 수술하고 크리스마스 때 오시는데, 가보가 없어졌다는 말을 들으면 얼마나 충격을 받으시겠어요. 그래서 그 전에 꼭 찾아야 해요."

"그래서 크리스마스 전까지 이걸 해결하라고요?"

오만은 쉽지 않겠다는 생각이 들었다.

물론 권 사장에게도 꿍꿍이가 있을 것이다. 그 다이아몬드를 자신이 찾아내야 형제들과의 후계 경쟁에서 더 유리해질 수 있다든가 하는. 하지만 오만으로서는 상관할 바가 아니었다. 대신 권 사장은 보석만 찾는다면 자신에게 취업 자리를 보장해준다고 했다. 어쩌면 낙하산이지만 모든 젊은이가 꿈꾸는, 대기업에 정규직 채용을 요구할 수 있을지도 몰랐다.

"좋습니다. 해보죠."

다음 날, 권 사장은 오만과 지희를 집으로 안내했다. E퀸은 그날 휴업이었다.

드라마에서나 나오는 저택을 실제로 방문하다니. 넓은 뜰은 물론 곳곳의 조각과 나무까지 평소 오만은 꿈도 꿀 수 없었던 곳이다.

지희가 말했다.

"여기 전에 무슨 드라마에서 본 것 같아요."

"응, 전에 드라마 〈상속의 순간〉 촬영을 우리 집 뜰에서 했어."

오만은 도난 사건에도 크리티컬 아워, 즉 납치나 실종 사건에서 피해자를 구할 수 있는 시간이 적용될 수 있을까 하는 생각이 들었다. 실종 이후 72시간이 지나면 피해자의 목숨을 구하기가 어려워진다. 이번 사건에서는 도난 이후 벌써 이 주나 지났는데도 아무 소식이 없다니.

오만은 간단히 정리해봤다. 그 보석이 든 금고 번호를 아는 사람은 권 회장과 그 아내뿐이다.

집에 있던 누군가가 바꿔치기해서 트리에는 진짜, 금고에는 가짜가 넣어졌고 밤에 누군가가 집에 들어가서 트리에 있던 진짜 보석을 훔쳤다. 그런데 문제는,

138

그날 그 집에 침입 흔적이 전혀 없었다는 것이다. 호두까기 인형 도난 사건 때와는 달리, 이 집 주변은 물론 동네 곳곳에 CCTV가 깔려 있으며 보안업체에서 매일 순찰을 돈다. 수상한 사람이 있으면 금방 눈에 띄었을 것이다.

그날, 권 사장의 사촌 오빠 권혁상이 그 자리에 있기는 했다. 권혁상은 최근 도박을 하는 바람에 부모 몰래 빚을 졌고, 그 때문에 권 사장에게까지 와서 돈을 빌려 가기도 했다고 한다.

지희가 말했다.

"근데 꼭 그걸 훔쳐야 했을까요? 집 안에 값나가는 것도 많은데 할아버지가 정하신 가보를요? 역시 고용인 쪽이 더 수상해요."

"하긴 그렇기는 하지만, 사람 일이란 게 그렇잖아."

사실 오만도 이해할 수 없었다. 그 보석을 훔쳐서 전당포에 처분한다고 한들, 잘해야 그 보석 가치의 10퍼센트 정도밖에 받을 수 없을 것이다. 더욱이 그렇게 큰 것을 쉽게 처분할 수도 없다.

"가족 중 의심 가는 사람은 없나요?"

지희의 말에 권 사장은 순간 얼굴을 찌푸렸다. 하

긴 가족을 의심하자는데 기분 나쁠 것이다.

"글쎄. 우리 오빠는 별다른 거 없어 보이는데."

권 사장이 말했지만, 오빠 역시 용의선상에서 배제할 수는 없었다. 오히려 여동생인 만큼 편견을 가질 수 있었다.

"오빠분은 같이 사나요?"

"아뇨. 결혼해서 나가서 살고 있어요. 새언니가 산후조리원에 입원 중이어서 그날 오빠 혼자 왔어요. 자지도 않고 자기 집에 돌아갔고요."

오만은 그 안에 있던 가족을 다시 떠올려보았다. 권 사장의 가족, 아버지인 권 회장, 어머니, 오빠인 권혁규 그리고 작은아버지 내외와 사촌 오빠인 권혁상이었다.

"그날 아무도 집에 침입하지 않았으니까 범인은 내부에 있다는 게 거의 확실한데…… 그날 작은아버지 댁 식구들도 이 집에서 묵었나요?"

"아뇨, 다들 늦게 돌아갔어요. 물론 박 회장님도 돌아갔죠."

트리에 크리스마스로즈를 매달았을 때, 누구든 슬쩍 접근해 가짜와 진짜를 바꿔치기했다면 작은아버지 가족에게도 혐의가 있을 수 있다.

보석을 돌려줄 테니 대신 돈을 내놓으라는 요구는 아직 없었다. 그렇다면 역시 누군가가 그것을 노리고 사람들을 사주했을 확률이 가장 높았다. 문제는 그런 상황이라면 더욱 찾기가 어려워진다는 점이다.

'혹시 박 회장이라는 사람이 사주한 걸까? 아니면 본인이 직접 바꿔치기했거나.'

박 회장이 범인이라면 파티 때 말고는 보석을 바꿔치기할 기회가 없었다. 밤에 트리에서 보석을 훔치기란 불가능했다. 그리고 그날 집 주변에는 아무도 오가지 않았으니 그를 의심하기에는 무리가 있었다.

지희도 오만과 같은 생각을 했는지 의견을 냈다.

"그 박 회장이라는 사람이 누구를 시킨 게 아닐까요?"

"모르겠다. 과연 누굴까?"

"어쩌면 공범이 있지 않을까요?"

"공범이라."

오만도 그 점은 생각했다. 하지만 과연 누가 공범인지도 알 수 없었다. 문제는 과연 어떻게 훔쳤느냐였다.

오만이 권 사장에게 물었다.

"탐정을 고용해서 사람들을 다 감시하고 계신다

고 했죠?"

권 사장은 한숨을 푹 쉬었다.

"네. 하지만 별다른 이야기는 아직 없어요."

"그 금고는 아버님이나 어머님의 지문으로만 열리고, 그렇다고 부순 흔적도 없고……. 그 가짜 보석을 넣어두는 금고는 어디 있나요?"

"서재에 있어요. 하지만 거기에도 부순 흔적은 없었어요."

"흠."

권 사장은 오만과 지희를 식당으로 안내했다. 그곳에 문제의 트리가 있었다.

"이게 바로 그 트리구나. 저 바구니 안에 보석이 있었다는 거네?"

다행히 권 회장을 비롯한 가족들은 집을 비운 상태여서 권 사장이 집을 안내해도 크게 문제가 되지는 않았다.

"굳이 집 안에 방범 센서를 설치할 필요는 없지 않습니까?"

"그렇지 않아요. 그래도 집안에 귀한 게 있으니까요. 그래서 개인 방 말고는 전부 CCTV도 있고, 거실

과 식당에는 방범 센서가 있어요. 그 도자기만 해도 7천
만 원짜리예요.”

　　“헉.”

　　오만은 놀라며 자신도 모르게 도자기에 대고 있
던 손을 확 떼었다. 뿐만이 아니었다. 집 벽마다 꽤 가격
이 나가 보이는 그림들이 있었다. 골동품 수집도 재테크
중 하나라 할 수 있으니 그럴 만했다.

　　오만이 물었다.

　　“트리 장식은 누가 했나요?”

　　“가정부 아줌마랑 집사 아저씨가 했죠. 운전기사
아저씨는 그때 밖에 있었고.”

　　오만은 잠시 화장실을 갔다 오는 중에도 머릿속
에서 보석의 행방에 대한 의문이 떠나지 않았다.

　　‘범인이 보석을 훔쳐서 어디에 뒀을까? 벌써 처
분했을까?’

　　화장실에서 나오던 찰나였다.

　　“당신 누구야?”

　　갑자기 다른 목소리가 들렸다. 뒤를 돌아보니 오
만과 나이가 비슷해 보이는 남자가 서 있었다.

　　“아, 저는…….”

"대낮에 여기 들어오다니, 간도 크네."

남자는 잽싸게 오만을 붙잡고 팔을 꺾었다. 무술을 제대로 익힌 사람 같았다.

"아!"

그때 집사 윤성철이 달려왔다.

"사, 사장님! 무슨 일입니까?"

"이놈, 도둑이라고!"

윤성철이 말했다.

"아가씨가 데려온 손님입니다!"

권 사장이 나섰다.

"오빠? 여긴 웬일이야?"

"없어진 거 찾으려고 내가 직접 조사하는 중이다."

"그분은 도둑이 아니야! 우리 카페 점원이라고. 오만 씨, 제 사촌 오빠예요."

오만은 아직 꺾인 팔이 얼얼했지만 어느새 옆에 온 지희와 함께 정중하게 인사했다.

"안녕하세요. 권 사장님 카페 알바생입니다."

"그러고 보니 아가씨는 기억나네. 그쪽은 모르겠는데?"

하긴, 남자라면 오만과 지희 중 후자 쪽이 저절로

기억에 남을 것이다.

"요즘 일이 많아져서 임시로 채용한 사람이야."

"그런데 이 시간에 여기 와 있는 거야?"

"어차피 나 이제 카페 접잖아. 그러는 김에 초대
했어."

"그래? 그러면 차라리 어디 레스토랑에라도 데
려가지 굳이 집에 데려오냐? 미안합니다. 사실 집에 일
이 좀 있어서 신경이 좀 곤두섰네요."

말은 그랬지만 별로 미안해하는 투는 아니었다.
오만도 지희도 별다른 이야기를 하지는 않았지만, 권혁
상도 자신이 의심받고 있다는 사실을 알 것이다. 탐정을
붙여 미행을 시킨 사람도 따로 있을 것이다.

오만은 다시 한번 그 트리를 보았다. 식당에는
CCTV가 없고 필요할 때 방범 센서만 작동하게 한다.
트리를 설치했을 때는 그 앞의 금줄을 넘어가기만 해도
경보가 울린다.

"방범 센서를 작동시키기 전에 점검도 했다고 했
으니까, 휴지를 끼워 넣은 건 그다음이라는 말이 되는군
요."

"점등식 전에 점검했어요."

그 말대로라면 가장 간단한 방법이 있었다.

잠시 후, 이들은 응접실에서 간단히 이야기했다. 아무도 들어오지 못하게 하긴 했지만 저절로 목소리가 낮아졌다.

권 사장이 말했다.

"박 회장님이 그 보석에 꽂히기는 했지만, 그렇다고 그럴 분 같지는 않아요."

오만으로서 박 회장을 찾아간다는 건 도저히 무리였다. 재벌 회장은 법적으로는 민간인이지만, 사실 대통령만큼이나 만나기 어려운 사람이다.

권 사장은 한탄하듯 말없이 차를 쭉 마셨다. 지희가 케이크에 포크를 대며 말했다.

"저도 참 이상하네요."

오만은 트리를 계속 보고 있었다.

"이 집에 트리는 저거 하나뿐인가요?"

"그렇죠. 사실 집에 애가 있어야 트리 장식도 하잖아요. 그런데 우리 집에 애라면 제 조카뿐인걸요. 그것도 태어난 지 한 달도 안 됐어요. 할머니도 보석 대신 증손자 보시면 좀 괜찮아지시려나."

"증손자가 보석보다 낫죠. 새언니분은 아직 산후

조리원에 있나요?"

"퇴원했죠."

"크리스마스트리, 여기 있는 것들은 전부 어디서
사 온 건가요?"

권 사장이 대답했다.

"그냥 백화점에서 적당히 고른 거예요. 솔직히
굳이 여기에 돈을 그리 많이 쓸 필요는 없잖아요? 남들
하는 만큼만 하면 되죠."

하긴 보석을 단다는 점만 빼면 그 트리는 크기만
할 뿐 특별할 게 없어 보였다.

"그 뒤 범인에게서 돈을 요구하는 연락도 온 적
없고, 그렇다면 역시 전에 말한 가능성 중 누군가의 사
주를 받았다, 이게 옳을 것 같습니다. 그나저나 사촌 오
빠분은 자주 이 집에 오나요?"

"요즘 자기도 그 보석 찾겠다고 직장도 쉬고 돌
아다니고 있어요. 그런데 솔직히 그 오빠가 찾는다면 자
기가 팔아버리지 않을까 걱정이에요."

직장을 마음대로 쉴 수 있다니, 벌써 부럽다는 생
각이 들었다. 오너라서 그렇겠지만.

오만은 트리에 손을 뻗으며 말했다.

"방범 센서는 전에 휴지로 막았다고 했죠? 그런데 지금은 울리지 않네요?"

권 사장은 어깨를 으쓱했다.

"크리스마스로즈가 없어졌는데 굳이 센서를 작동시킬 필요가 있나요? 그거 말고는 다 그냥 보통 장식물일 뿐인데."

"흠."

무엇을 트리에 매달든 오만이 상관할 바는 아니었고 이 트리 또한 특이할 게 하나도 없었다. 그때 가정부 황지현이 과일 쟁반을 들고 들어왔다.

오만이 물었다.

"실례합니다."

"네?"

"그 보석이 없어진 날 아침, 이 식당에 뭐 달라진 건 없었습니까?"

"달라진 거요? 글쎄요. 운전기사 아저씨가 보석이 없어졌다고 난리를 피워서 저는 회장님 깨우러 방으로 달려갔어요. 하지만 식당에 뭐가 없어졌거나 이상한 건 못 봤는데요? 경찰, 아니면 탐정이세요?"

"비슷한 겁니다. 고맙습니다."

갑자기 뒤에서 권혁상이 끼어들었다.

"너, 보석 없어진 거 점원들에게 말했어?"

"응?"

언제 들었는지, 권혁상은 성질을 부렸다.

"그런 거 말하면 어떡해? 집안 망신인데. 그렇지 않아도 벌써 소문 나려는 거 막느라 다들 애쓰고 있다고."

권 사장은 지희를 가리키며 말했다.

"얘가 내 친동생 같아서 그만 말해버렸어."

"친동생 따로 있네."

권혁상은 조심하라며 나가버렸다. 그러자 권 사장은 오만에게 왜 갑자기 그런 걸 물었느냐고 물었다.

"이 트리는 꽤 큰데, 저 꼭대기에서 보석을 빼내려면 저 발판 아니면 의자라도 놓고 올라가야 했을 겁니다. 그런데 식당에 달라진 게 없었다고 했잖아요."

"하긴 그렇네요. 제가 봐도 그때, 의자나 발판은 트리 앞에 없었어요. 하지만 눈에 띄지 않으려고 그랬을 수도 있잖아요."

"보석이 없어졌으면 어차피 금방 눈에 띄었을 텐데 굳이 그럴 필요가 있을까요? 차라리 가짜를 하나 더 만들었다가 바꾸는 편이 낫죠."

오만은 잠시 생각해보았다.

"말씀드리기는 곤란하지만, 역시 고용인 중에 범인이 있을 것 같습니다."

"네?"

"의자나 발판을 꺼내 쓰고 거의 습관적으로 원래 자리로 돌려놓았을 수도 있으니까요. 식구라면 그러지 않겠죠."

"그런가요?"

권 사장으로서도 오랫동안 같이 살아온 고용인들을 의심하기 싫었을 것이다. 하지만 누구든 믿기 어려운 때다. 물론 그 자체로 슬픈 일이지만.

골치가 아파지다 보니 별별 생각이 다 났다. 여기 사람들을 제대로 조사하기란 쉬운 일이 아니었다.

"아, 이 트리 말인데요. 장식물은 평소에 어디 놓아둡니까?"

"저기 창고요. 하지만 지금은 전부 여기에 달아뒀어요. 1년에 한 번만 쓰니까요."

오만이 트리 장식물들을 훑어봤는데, 역시 별다른 것은 찾아볼 수 없었다.

오만은 집으로 돌아갔다. 매형은 그 보석이 백억 원 이상 나간다고 했다. 다시 생각해도 영화에서나 보던 금액이었다.

"그건 장물이라 그냥 처분한다면 잘 받아도 십억 이상 받기 어려워. 하지만 누군가가 협박 및 사주를 했다면 이야기는 다른데, 거기다 탐정을 시켜서 그 집 고용인들을 감시하고 있으니 뭔가 결과가 나왔겠지?"

수상한 눈으로 보면 누구든 그렇지 않을 리가 없다. 오만은 골치가 아파졌다. 사주범, 즉 그 다이아몬드를 훔쳐달라고 한 사람이 누구인지 알 수 없었다. 박 회장일 수도 있고 아니면 그 보석의 원래 임자였던 호주 광산 재벌 집안의 사람들일 수도 있다.

권 사장에게서 들은 말에 따르면, 집 고용인들은 다들 경제적으로 크게 어려울 게 없었다. 그럼 굳이 위험을 무릅쓰고 보석을 훔칠 리가 없다.

집안사람들을 생각한다면, 특히 권 사장의 말대로 그 할머니가 충격을 받을 수도 있으니 권 사장의 형제나 사촌 혹은 삼촌 부부 등이 그 다이아몬드를 훔쳤을 것 같지는 않았다.

그 외에도 다른 가능성, 어쩌면 보험금을 노린 자

작극이지 않을까 하는 생각도 없지는 않았지만, 그럴 이유가 과연 있는지 의문이었다.

전에 어느 책에서 보았는데, 기업이 부도 직전이라서 모든 게 다 차압될 것 같으니 자기가 직접 그 보석을 훔치고 보험금도 타서 외국으로 도망치려고 하는 기업가 이야기가 있었다. 하지만 이는 가능성이 적었다. 그렇다면 몸도 불편한 할머니를 굳이 한국에 불러올 이유가 없으니 오히려 어머니 문병이라는 핑계로 그 나라로 가는 편이 나을 것이다.

오만은 권 사장에게 식구 중 누가 할머니와 가장 친한지 에둘러 물었다. 권 사장은 자신이라며 밤에 영상통화도 자주 한다고 했다.

그 집안 구성원들의 이해관계를 오만은 잘 알지 못했다. 굳이 그 보석에 손을 대야 했을까.

권 사장은 할머니가 한국에 돌아오면 충격을 받을까 봐 다이아몬드를 찾아야 한다고 했는데, 반대로 누군가는 오히려 그 할머니가 충격으로 잘못돼야 자신의 입지를 더 제대로 다질 수 있지 않을까 하는 생각도 들었다. 가령 장남이 보석을 아버지에게서 물려받았는데 이를 도난당했다면, 어머니가 그보다 차남을 더 믿게 될 수도 있다. 하지만 이는 권 사장에게 물어보기 꺼려졌다.

집사 윤성철은 뜻밖에 외국의 집사 학교라는 곳에서 제대로 수업을 받았다. 권 회장 집에서 10년 이상 근무하며 그의 식구들에게서 아주 좋은 평가를 받고 있었다.

가정부 황지현과 박선미 또한 본인의 집에서 잤고, 밤에 아무 소리도 듣지 못했다고 한다. 더 중요한 점은 현관과 서재, 복도 등의 CCTV에도 아무도 잡히지 않았다.

운전기사 김태민은 어떨까. 그도 10년 이상 근무했지만 그 역시 성실하고 좋은 사람이라는 평가를 받고 있었으며 그날 알리바이도 확실했다.

'밤에 식당에 간 사람은 한 명도 없었고…….'

오만은 트리에 누군가 접근한다는 게 불가능하다고 생각했다. 하지만 생각해보니 꼭 불가능할 것 같지는 않았다.

'밤에 아무도 트리에 접근하지 않았고, 휴지로 센서를 막은 것도 이상하고…….. 센서에서 휴지를 발견한 사람은 집사, 가정부 둘은 아침에 일찍 일어나 준비하니까 그 둘이 먼저 도난 상태를 봤을지도 몰라.'

오만은 권 사장에게 왜 운전기사 김태민이 가정부나 집사보다 먼저 도난 상황을 봤는지 물었는데, 아침에 식당에 물을 마시러 갔기 때문이라는 답변을 받았다.

그때 매형이 생각에 잠겨 있는 오만을 불렀다.

"처남!"

"네?"

"서연이도 있으니까 우리도 크리스마스트리 만들기로 했는데, 이거 같이 좀 걸자."

"아, 네."

오만은 거실로 나갔다. 조카는 이제 생후 15개월밖에 되지 않았는데 크리스마스트리를 만들어 보인들 소용이 있을까 하는 생각도 들었다. 그렇지 않아도 그것 때문에 골치가 아픈데.

매형이 플라스틱으로 만든 크리스마스트리를 세웠다. 권 사장의 집에서 본 그것과는 차이가 많이 났다. 크기도 조카 키 정도로 작았고, 장식도 초라해 보였다. 조카 손이 닿지 않도록 높은 곳에 세워야 했다.

"적당히 걸어둬."

오만은 장식품 상자를 열고는 썰매, 캔디 케인, 구슬을 하나씩 달았다. 그러고 보니 크리스마스트리의 유래는 거의 셀 수 없다시피 했다. 전에 김북현은 크리스마스 풍습 중에는 이교도 행사에 기독교를 억지로 끼워 넣은 게 많다고 했는데, 대표적인 것이 트리라고 할 수 있다.

　'그나저나 트리에 보석을 매다는 건 정말 처음이네. 뭐, 남의 집 제사에 감 놔라 대추 놔라 할 건 아니지만.'

　트리 장식은 생각보다 금방 끝났다. 트리 자체가 그리 크지 않았으니 당연했다. 매형은 리본과 전구 끈을 둘렀다.

　"꺄!"

　조카가 어느새 달려왔다.

　"서연이도 크리스마스트리 좋아하지? 아빠가 아주 예쁘게 만들어줄게."

　조카는 상자에서 구슬을 하나 꺼내 입에 댔다. 오만은 우선 말려야 했다.

　"지지!"

　'잠깐, 구슬?'

　순간, 오만의 눈이 번쩍했다.

　"응? 처남, 갑자기 왜 그래?"

　"아니에요. 그럼 그 방법을 쓴다면……."

매형은 어리둥절해했다.

"무슨 이야기를 하는 거야?"

"보도 통제입니다!"

오만은 웃어 보이고는 방으로 가서 전화기를 들었다.

다음 날, 오만은 다시 권 사장의 집으로 갔다. 카페는 휴업하든지 아니면 지희 혼자서 봐야 할 것이다.

"탐정을 고용해서 집 안을 다 뒤졌는데도 다이아몬드는 나오지 않았다고 했죠?"

권 사장은 몇 번이나 설명했다는 투로 말했다.

"그래요."

"그날 이 집에 드나든 사람은 없었으니 결국 내부에 도둑이 있었을 겁니다. 단서는 바로 여기 있습니다."

오만이 가리키는 곳을 보자 권 사장이 놀라며 말했다.

"트리요? 이 안에 뭐가 있다는 말씀이세요?"

"아주 간단한 방법이 있습니다."

오만은 크리스마스트리로 갔다.

"크리스마스 점등식 때만 진짜를 걸었다가 나중

에 그걸 내리고, 가짜를 건다는 사실은 집안 식구들은
다 안다고 하셨죠?"

"네, 그렇죠."

"파티가 끝났을 때 누군가 가짜와 진짜를 바꿔치
기한 바람에 진짜가 트리에 계속 걸려 있었고, 누가 그
걸 훔쳐 갔다고 했죠?"

"그렇죠."

"이 집에 누군가가 침입할 수 있다면 그 자체가
이미 하나의 문제가 되겠죠?"

권 사장은 고개를 갸우뚱했다.

"당연하죠. 몇 번이나 말씀드렸잖아요."

"그 때문에 회장님은 틀림없이 진짜 다이아몬드
를 확인하기 위해 금고를 열었을 것입니다. 그러니 가짜
와 진짜가 바꿔치기된 건 바로 그때일 겁니다."

"네?"

"그게 진짜인지 가짜인지, 백지 위에 올려놓고
시험했다고 했죠? 그때라면 빈틈이 있을 겁니다."

"그, 그렇다면……."

"그렇습니다. 밤에는 이 집에 없었던 사람, 그때
그 금고에 있는 게 가짜일지도 모르니 확인해보자고 한

사람이 바로 범인인 겁니다."

권 사장의 눈이 휘둥그레졌다.

"그렇다면 김 기사가……. 우리 집에서 10년이나 일한 사람이에요! 어떻게……."

"자식도 부모를 배신할 수 있습니다. 부모 몰래 도박이나 마약 등에 빠져서 집안 돈 훔칠 수도 있고요. 그도 아니면 협박을 받았을 수도 있습니다. 김 기사는 그날 아침 출근하자마자 물 마신다는 핑계로 식당에 갔고, 잽싸게 보석을 훔쳤죠. 발판이든 뭐든 써서."

"하지만 보석을 어디에 숨겼을까요? 그리고 김 기사는 아직 돈을 요구하지도 않았는데."

"김 기사는 그 보석이 없어지면 사장님의 아버님이 경찰을 부를 거라고 생각했을까요?"

권 사장은 얼굴이 빨개졌다.

"저라면 경찰을 불렀겠지만……. 사실 부르자고 했는데 아빠가 그러지 말라고 하셨어요."

"그래요. 경찰이 틀림없이 주변 인물의 집을 샅샅이 뒤질 거고 자기도 미행당할 수 있다는 걸 예상했을 겁니다. 그러니 이 집 안에 숨겨야 했겠죠."

"네?"

권 사장의 눈이 쓰고 있는 안경만큼이나 커졌다. 오만은 주머니에서 작은 손전등을 하나 꺼냈다.

"그거 아세요? 트리에 다는 구슬은 원래 성경에 나오는 선악과를 표현한다는 설과 그리스도의 몸을 뜻하는 빵을 나타낸다는 설이 있어요. 하지만 저는 오늘 다른 설을 내세우려 합니다."

오만이 손전등을 비추자, 구슬 하나에서 이상한 빛이 났다.

"역시, 블랙 라이트로 비추면 나타나도록 표시를 미리 해뒀군요. 알아보지 못할까 봐 이미 조치를 취했네."

특별한 형광물질로 된 물감은 평소에는 눈에 띄지 않지만, 자외선이나 블랙 라이트를 비추면 눈에 띈다.

오만은 손에 라텍스 장갑을 끼고 그 구슬을 떼어낸 뒤 이리저리 돌려보았다. 그러자 그것은 마치 사과처럼 반으로 갈라졌고, 그 안에서 찬란한 분홍색이 빛을 발했다.

"바로 보석을 감추기 위해 매단다는 설이죠. 선악과의 씨가 이렇게 아름다웠군요."

"세상에."

권 사장이 달려와 그 구슬을 빼앗듯 낚아채려 했

으나, 오만은 그녀를 저지했다.

"아직은 안 됩니다. 외부에는 다른 사람 지문도 묻었겠지만, 구슬의 단면에는 범인의 지문만이 묻어 있을 겁니다. 그건 확실한 증거가 되겠죠?"

오만은 준비해둔 지퍼백에 그 보석을 구슬째 넣었다.

"보석을 훔쳐 바로 그 훔친 장소 안에 보관했을 거라고 생각할 사람은 없겠죠. 크리스마스트리는 25일 이후에는 없앨 테니까, 그때 트리 해체를 돕는 척하면서 이 구슬만 빼내 감추려고 한 겁니다. 나무를 숲에 숨긴 셈이죠."

권 사장은 고개를 설레설레 저었다. 오만은 지퍼백을 내밀었다.

"저는 보석을 찾아드렸으니까 자세한 건 이제 사장님이 알아서 하세요. 아버님이 퇴근하실 때 보여드리고, 이 구슬 단면에서 지문을 채취하면 범인을 알 수 있다고요. 그날 김 기사는 장갑을 끼지 않았을 테니까요."

오만은 혹시 그 사촌, 권혁상이 와서 그녀에게서 보석을 빼앗을지 몰라 일부러 그렇게 말했다.

권 사장은 보석을 받아 든 채 정신없이 보고만 있

을 뿐이었다.

　그다음 일은 오만이 신경 쓸 필요가 없었다. 집안의 일은 집안에서 해결할 일이었으니, 김 기사가 왜 그랬는지, 누가 사주했는지까지 알 필요는 없었다. 그가 받은 의뢰는 범인을 잡고 보석을 찾을 수 있게 해달라는 것이었으니까.

　오만은 카페로 돌아왔다. 물론 입을 다물어달라는 부탁을 받았고, 그러지 않아도 누군가에게 그 이야기를 하고 싶은 생각은 없었다. 굳이 그런 일로 남의 입에 오르내리기는 누구든 싫을 것이다.

　크리스마스는 그렇게 지났다. 연말이 얼마 남지 않은 시간 동안, 권 사장 없이 오만과 지희 둘이서 카페 E퀸을 보고 있었다.

　그날 첫 손님은 소설가 김북현이었다. 그는 오는 시간이 일정하지 않았다. 하긴 카페에 예약하고 오는 사람은 없지만.

　"연말 잘 보내시고, 아메리카노 하나 주세요…….
응?"

　지희가 오만의 어깨를 탁 쳤다.

"아저씨!"

"아니, 왜?"

"아메리카노 하나 달라고 하잖아요!"

김북현은 무슨 일이냐는 듯 그들을 번갈아가며 보았다.

"무슨 일 있으세요?"

지희가 말했다.

"크리스마스 선물이 좀 늦어서 기다리느라 그러는 거예요."

"크리스마스 선물이요?"

김북현은 늘 쓰던 구석 자리로 가서 노트북을 켰다. 잠시 후 카페 문이 열리고 권 사장이 들어왔다.

"좋은 아침이에요. 작가님도 계셨네요?"

오만은 기대에 찬 얼굴로 물었다.

"잘됐나요?"

"잘됐죠. 할머니가 돌아오셨을 때 다행히 크리스마스로즈를 트리에 달 수 있었어요."

지희가 궁금했는지 물었다.

"왜 그랬대요?"

"폭력배가 그 사람의 딸을 납치한 다음에 협박했

대. 그래서 별수 없이 경찰을 불렀어."

"박 회장이라는 사람이 그걸 사주했나요?"

"아니, 자세한 건 아직 수사 중이야. 그런데 박 회장님은 아닌 것 같아. 어쩌면 호주의 그 광산 재벌이라는 사람들일 수도 있어."

지희는 축하한다는 듯 박수까지 쳤다.

"어쨌든 해결돼서 정말 다행이네요."

"그래, 전부 오만 씨 덕이에요."

오만은 기대에 찬 얼굴로 말했다.

"사장님, 그러면 저 취업시켜주시는 거죠?"

"취업이요?"

권 사장의 반응에 오만은 당황했다.

"네, 이번 이벤트 다 해결하기만 하면 책임지고 취업시켜주신다고 했잖아요."

권 사장이 정색을 하며 물었다.

"제가요? 제가 언제 그런다고 했어요?"

"아니, 그게 무슨 말씀이세요!"

"제가 언제 백오만 씨를 채용한다고 했나요? 거기다 보석 찾아주신 건 개인적인 일이잖아요. 공과 사는 구분해야지. 무슨 말씀이세요? 기업에서는 낙하산을 엄격하게 배제하고 있어요."

"아니, 분명히 취업시켜주신다고 했잖아요! 계약서에 도장까지 찍어놓고!"

오만은 갑작스러운 말에 분통이 확 터졌다. 전에 무릎까지 꿇더니 이게 무슨 말인가. 그런데 권 사장은 다른 말을 했다.

"생각해보니까, 신세를 갚는 데는 취업보다 다른 방법이 있을 것 같아서요."

"그게 뭡니까?"

"말씀드렸죠? 저는 북카페 운영은 이제 끝내고 이제 다시 기업으로 돌아가야 하거든요. 이번 이벤트는 일종의 유종의 미를 거두기 위한 것이었다고요."

"그, 그런데요?"

"물론, 백오만 씨에게 개인적으로 신세를 졌으니 그 보답은 제대로 해야죠. 잃어버린 물건을 찾아준 사람은 10퍼센트까지 받을 권리가 있잖아요. 그리고 그건 가보니까, 아빠가 10퍼센트 이상으로 보답하라고 하셨어요."

"네?"

오만의 눈이 커다래졌다. 그러고 보니 취업 약속

만 생각했지 보석의 가치는 깜빡 잊었다. 권 사장은 가방에서 서류 봉투를 꺼냈다.

"이걸 드릴게요."

"이게 뭔가요?"

"제가 다시 회사로 돌아가야 하기 때문에, 어차피 이번 이벤트 끝나면 이 카페는 다른 사람에게 넘기려고 했어요. 백오만 씨가 제가 기대했던 이상으로 잘했고 우리 보석까지 찾아주셨으니까, 이 카페를 포함해서 이 건물을 전부 드릴게요."

"이 건물을요?"

순간, 오만의 눈앞이 캄캄해졌다. 의식마저 멀어졌다. 귀를 의심하지 않을 수가 없었다. 자신에게 이런 일이 생기다니. 조물주 위에 건물주라는 말이 있을 정도인데, 비록 고층 빌딩은 아니지만 자신이 건물주가 되다니. 자신의 이름을 부르는 세 사람의 목소리도 먼 곳에서 들리는 듯 희미해져갔다. 김북현이 그 뚱뚱한 몸으로 자신을 받쳐주는지 약간 포근한 느낌도 들었다.

그로부터 1년 가까이 지난 어느 날이었다.

"아저씨, 아니 사장님!"

오만은 지희에게 핀잔을 주었다.

"아직도 가끔 날 아저씨라고 부른다, 너?"

"기절 방지용이에요."

"뭐?"

"작년 연말에 사장님 되자마자 기절부터 해서 119 불렀잖아요. 너무 좋아서 또 기절할지 모르니 가끔 아저씨라고 불러드려야죠. 그때 사장님 표정 사진 찍지 못한 게 얼마나 아쉬운지 아세요?"

지희는 농담까지 했다. 하긴 오만도 믿을 수가 없었다. 한 달 일해서 자신만큼 번 사람이 과연 얼마나 될까.

"됐고, 다 했어?"

"네. 참, 근데 이걸 아주 우리 카페 전통으로 삼으실 생각이세요?"

"그래. 생각해보니까 연말에 어려운 사람들 돕는 것도 좋은 일이라는 생각이 들더라. 그리고 솔직히 크리스마스라는 게 선물 받는 어린이들한테나 좋은 거지, 나중에는 그게 무슨 날인지도 모르게 되잖아. 근데 그렇게 상담하다 보니까 그게 무슨 의미인지 좀 생각해보게 됐어."

"그래요?"

"나도 기독교도는 아닌데, 크리스마스는 원래 크리스트(Christ)와 마스(Mass), 마스는 예배란 뜻이니까 예수 그리스도에게 예배드리는 날이란 뜻이지. 그런데 정작 다들 노는 날로만 취급하고 특히 젊은 사람들은 데이트하는 날이라고 생각하잖아."

"다들 그렇게 인식하고 있기는 하죠."

"성경의 기록을 보고 실제 그리스도 탄생의 날은 12월 25일이 아니라고 주장하는 이들이 있어. 12월이면 겨울인데 양치기들이 들에 나가서 양을 돌보는 철이 아니기 때문이야. 거기다 크리스마스를 비롯한 기독교 명절은 원래 게르만, 켈트 명절에 기독교를 억지로 끼워 넣은 면이 많아. 로마인들이 기독교 포교를 위해 그렇게 만들었거든. 트리도 그렇고……."

"무슨 말이 하고 싶으신 거예요?"

"그래서 12월에 크리스마스를 쉰다는 사실 자체를 비판하는 사람들도 많지만 결과적으로만 본다면, 12월 25일에 크리스마스가 있는 편이 사람들을 위해서는 더욱 좋다고 할 수 있을 것 같아. 추운 계절이 오면 사람들 마음도 우울해지는 법이고, 당시 유럽 사람들은 모두 기독교를 믿었으니 기독교 최대의 축제로 사람들을 들뜨게 해도 좋을 테니까. 어쩌면 그 또한 신의 의도인지도. 하하하."

지희는 웬일로 금방 동감을 표시했다.

"하긴 생각해보면 그렇기도 하겠네요."

"그리고 작년에 나도 솔직히 내 코가 석 자인데 어떻게 남을 돕나 하는 생각도 들었지만 그래도 취업시켜준다기에 그 일이 뭔지도 모르고 맡았잖아? 그런데 의뢰인들을 보니까 나보다도 더 어려운 사람도 있고, 나보다 조건이 훨씬 좋다고 해도 나름 고민이 있다는 것도 알게 되었으니까 말이야. 그 인연이 닿는 바람에 졸지에 사장까지 돼고. 그러니 그만큼 베풀어야 할 것 같아."

오만은 씩 웃었다. 그리고 카페 E퀸의 블로그 공지 사항에 새로운 글이 올라갔다.

'카페 E퀸에서 작년에 이어 올해에도 연말 이벤트를 실시합니다. 크리스마스와 관련된 고민이나 의문점을 갖고 계신 분은 이 블로그 게시판에 익명으로 사연을 올려주시면 카페 내부 스태프들의 협의를 거쳐 그중 세 개를 선발해, 그 고민이나 의문에 답을 드리겠습니다.'

작가의 말

　미스터리 같지 않은 미스터리를 쓸 수 있는 기회가 생겼습니다. 그 말을 듣자 먼저 떠오른 것은 역시 일상 미스터리였죠. 이 작품은 범죄보다는 일상의 소소한 이야기를 미스터리로 풀어나가는 이야기입니다.

　이 분야의 원조 격인 작품 중 하나는 김내성 선생님이 1935년에 발표하신 『연문기담』입니다. 어느 여성에게 온 수수께끼의 연애편지를 둘러싼 미스터리를 풀어나가는 이야기지요. 이 분야에서 유명한 작가로 일본의 기타무라 가오루, 요네자와 호노부, 와카타케 나나미 등을 들 수 있습니다.

　일상 미스터리지만 카페나 식당 혹은 시계점 등 어느 특정 장소를 배경으로 한 이야기는 워낙 흔해서 하나의 테마를 정하기로 했습니다. 그러다가 뉴욕의 미스터리 서점에서 매해 크리스마스 시즌에 유명 작가들에게 의뢰해 그 서점과 성탄절을 배경으로 한 단편집을 낸다는 사실을 알게 되고, 제 어렸을 적 소망이 하나 떠올랐습니다.

저는 어렸을 때 크리스마스를 무척 좋아했습니다. 아침에 일어나면 무슨 선물이 놓여 있을까 기대하는 것도 좋았지만, 그 시기의 분위기나 그때를 배경으로 한 영화, 소설 등이 정말 좋았지요. 특히 제가 존경해 마지않는 대작가인 애거사 크리스티의 『크리스마스 푸딩의 모험』이나 엘러리 퀸의 『황태자 인형의 모험』 등을 보며 저도 이런 작품들을 써보고 싶다는 생각이 많이 들었습니다.

그래서 크리스마스를 테마로 잡았습니다. 때가 때인 만큼 범죄보다는 소소한 이야기 등을 담고 싶었죠. 독자 여러분도 이 작품을 읽으며 제가 어렸을 적 좋아했던 그 분위기를 느끼실 수 있으면 좋겠습니다.

끝으로, 이 작품을 발표할 기회를 주신 대표님과 담당 편집자님께 깊은 감사를 드립니다.

조동신

네온사인 01

백수의 크리스마스
© 조동신, 2023

초판 1쇄 인쇄일 2023년 7월 24일
초판 1쇄 발행일 2023년 8월 7일

지은이 • 조동신

펴낸이 • 정은영
편집 • 최웅기 정사라
디자인 • 이선희
마케팅 • 이언영 한정우 전강산
　　　　　 윤선애 이승훈 최문실
제작 • 홍동근
펴낸곳 • 네오북스
출판등록 • 2013년 4월 19일
　　　　　 제2013-000123호
주소 • 서울시 마포구 양화로6길 49
전화 • 편집부 (02)324-2347,
　　　　 경영지원부 (02)325-6047
팩스 • 편집부 (02)324-2348,
　　　　 경영지원부 (02)2648-1311
이메일 • neofiction@jamobook.com

ISBN 979-11-5740-374-5 (03810)